中韓英三語版

開始遊韓國說韓語

一冊在手，暢行無阻，最貼近韓國的旅行會話

張琪惠◎著

晨星出版

CONTENTS

01 基本單字

02 溝通

03 交通

04 觀光

05 飲食

06 購物

07 住宿

08 意外事故

Column

■ 作者序

1996年，只會初級韓文的我，第一次踏上韓國這片土地，展開異國求學之路，當然也歷經了強烈的文化衝擊，這段期間以來，曾經當過交換生、留學生、單身旅客，也在韓國遇見了未來的另一半。去年還帶了兩個孩子去當初相遇的地方親子旅遊。

學習韓文二十多年，從初學者到專業翻譯，韓文與韓國已變成我生活中不可或缺的一部分，本書希望能藉由最簡單易懂的句子和單字，解決在韓國旅行時會遭遇到的語言溝通的困難，幫助讀者更順利的旅行。

韓國在這十多年來經歷了多次的韓流洗禮和改造，變成大家都嚮望，有趣又充滿驚奇的國度。無論是背包客、留學生、商務人士、追星族，或是親子遊，只要學會簡單初級的韓文，嘗試和當地人溝通，相信每個人都能在韓國留下美好的回憶。

張琪惠

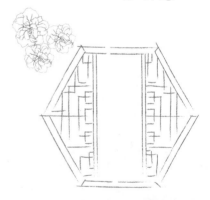

■■本書特色

這本適合隨身攜帶的旅遊韓文工具書，有幾個特色：

1. 沒有韓文基礎，也能說

每個句子與單字都附羅馬拼音。沒學過韓文，完全有看沒有懂的你，也能根據羅馬拼音把韓文輕鬆說出口。

2. 中、英、韓對照，講英文嘛A通

每個句子還附有英文對照，情急害羞說不出韓文的你，改說英文嘛A通。

3. 萬用手冊式的索引排版，好翻好用

用鮮明的顏色區分主題，並運用萬用手冊式的索引排版，輕鬆快速找到你當下要用的韓文句子。

4. 循序漸進，讓你的韓文琅琅上口

有心想循序漸進學習韓文的你，本書也用了一小篇幅介紹發音、基礎單字、基本問候語，讓你學習起來更踏實。

5. 旅行中會用到的句子全都錄

設想旅遊中會發生的所有場景，分成交通、飲食、觀光、購物、住宿、求助六大主題，根據每大主題細分成不同小主題，再將每個小主題的場景勾勒出來，鉅細靡遺設想旅遊中可能面臨的對話。

6. 不只解決燃眉之急，還可交朋友

本書的宗旨—韓文不只是你旅途中解決燃眉之急的幫手，也是交朋友、交流文化的工具，讓你的旅程留下更多動人的回憶。所以特別增設「溝通對話」主題，設想初次與韓國朋友打交道的種種話題，讓你跟新朋友也能侃侃而談。

■ 每個小單元配置QR code掃描供下載音檔，若不使用手機下載者，請輸入以下網址，進入播放頁面後，按右鍵選擇「另存新檔」，即可存取MP3檔案。
http://epaper.morningstar.com.tw/mp3/0130010/00-01.mp3

➜請依圖示 🎧 00-01 key入下載

▮▮ 發音

韓文基本字母,有十個母音、十四個子音,可説是最科學的語言之一,因為它用很少的音節,就能代表一套完整、複雜的語系。

韓語和日語有很多相同的地方,由於受到中國以及西方的影響,在韓文中常有出現漢字和外來語的機會。此外,在會話中也有尊敬語的使用,動詞與形容詞則有語尾變化等。

韓語同時也是阿爾泰語系的一種,文字屬於拼音文字。所以,要學會韓語,就必須先學會韓文的拼音方式,以及拼音字母有哪些。

母音表									
字元	ㅏ	ㅑ	ㅓ	ㅕ	ㅗ	ㅛ	ㅜ	ㅠ	ㅡ	ㅣ
發音	a	ya	eo	yeo	o	yo	u	yu	eu	i

雙母音表									
字元	ㅐ	ㅒ	ㅔ	ㅖ	ㅘ	ㅙ	ㅚ	ㅝ	ㅞ	ㅟ
發音	ae	yae	e	ye	wa	wae	oe	wo	we	wi

子音表						
字元	ㄱ	ㄴ	ㄷ	ㄹ	ㅁ	ㅂ	ㅅ
發音	k,g	n	t,d	r,l	m	b,p	s
字元	ㅇ	ㅈ	ㅊ	ㅋ	ㅌ	ㅍ	ㅎ
發音	不發音	j	ch	k	t	p	h

雙子音表				
字元	ㄲ	ㄸ	ㅃ	ㅆ	ㅉ
發音	kk	tt	pp	ss	jj

發音

韓語的文字寫法是由兩個以上的三或四個字母組合而成，共3種結構：

1. 子音＋母音：
　ㄱ（g）＋ㅏ（a）＝가（ga），ㄱ（g）＋ㅗ（o）＝고（go）

2. 子音＋母音＋子音：
　ㄱ（k）＋ㅣ（i）＋ㅁ（m）＝김（kim）
　（第二個子音又稱為收尾音）

3. 子音＋母音＋子音＋子音：
　ㅇ（×）＋ㅏ（a）＋ㄴ（n）＋ㅈ（j）＝앉（an）

代表音	收尾音						
ㄱ	ㄱ	ㅋ	ㄲ	ㄳ	ㄺ	ㅂ	ㅅ
ㄴ	ㄴ	ㄵ	ㄶ				
ㄷ	ㄷ	ㅅ	ㅈ	ㅊ	ㅌ	ㅎ	ㅆ
ㄹ	ㄹ	ㄼ	ㄽ	ㄾ	ㅀ		
ㅁ	ㅁ	ㄻ					
ㅂ	ㅂ	ㅍ	ㅄ	ㄿ			
ㅇ	ㅇ						

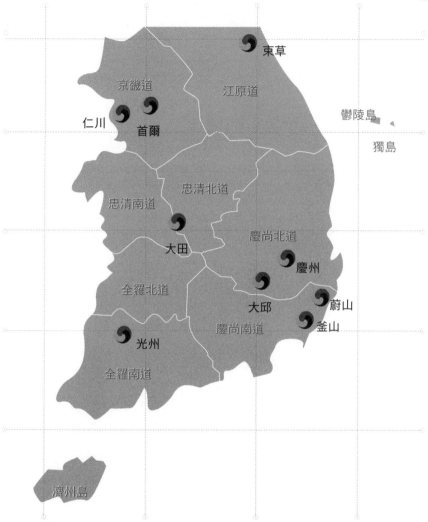

京畿道 경기도
gyeong-gi-do

江原道 강원도
gang-won-do

鬱陵島 울릉도
ul-long-do

獨島 독도
dok-do

忠清南道 충청남도
chung-cheong-nam-do

忠清北道 충청북도
chung-cheong-buk-do

慶尚北道 경상북도
gyeong-sang-buk-do

全羅北道 전라북도
jeon-la-buk-do

全羅南道 전라남도
jeon-la-nam-do

慶尚南道 경상남도
gyeong-sang-nam-do

濟州島 제주도
je-ju-do

仁川 인천
in-cheon

首爾 서울
seo-ul

束草 속초
Sok-cho

大田 대전
dae-jeon

慶州 경주
gyeong-ju

大邱 대구
dae-gu

蔚山 울산
ul-san

釜山 부산
bu-san

光州 광주
gwang-ju

01 基本單字

Basic words

韓文有許多外來語
和近似台語和客家話的音
只要記住簡單的單字
再搭配簡易的英文或書寫漢字
就可以在韓國順利的溝通

招呼語／인사

 01-01

韓文和中文不同之處在於對長輩使用敬語，對平輩晚輩使用半語。然而初次見面時使用敬語會比較恰當。韓文的問候語你好嗎？（안녕하세요？）可在早上、中午、晚上各個時段用來打招呼，回答時用「안녕하세요？」回答即可。

你好嗎？
안녕하세요？
an-nyeong-ha-se-yo
How are you?

早安
좋은 아침입니다.
joh-eun　a-chim-ib-ni-da
Good Morning.

晚安。（就寢前）
안녕히 주무세요
an-nyeong-hi　ju-mu-se yo
Good night.

謝謝。
감사합니다./ 고마워요.
gam-sa-ham-ni-da　/　go ma-wo-yo
Thank you.

不客氣。
천만에요
cheon-man-e-yo
You are welcome.

不好意思。
실례합니다.
sil-lye-ham-ni-da
Excuse me.

對不起。
죄송합니다./미안해요.
joe-song-ham-ni-da　/　mi-an-hae-yo
I'm sorry.

沒關係。
괜찮습니다.
gwaen-chan-sseum-ni-da
That's all right./ That's ok

下次再見。
다음에 또 봅시다.
da-eum-e　tto　bop-si-da
See you next time!

再見。（請慢走）
안녕히 가세요.
an-nyeong-hi　ga-se-yo
Goodbye.

再見。（請留步）
안녕히 계세요.
an-nyeong-hi　gye-se-yo
Goodbye.

初次見面。

처음 뵙겠습니다.

cheo-eum　　boep-get-seum-ni-da

How do you do?

很高興見到你。

만나서 반가워요.

man-na-seo　　ban-ga-wo-yo

It's glad to meet you.

歡迎光臨。

어서 오세요.

eo-seo　　o-se-yo

Welcome.

好久不見。

오랜간만입니다.

o-raen-gan-man-im-ni-da

Long time no see.

你好/再見（平輩之間的用法）。

안녕！

an-nyeong

Hi./ Bye.

再見。（平輩之間的用法）。

잘가.

jal-ga

Good bye.

肯定・否定/긍정・부정

 01-02

是。 네/예 ne / ye Yes.	不是。 아니오. a ni o No.
我知道了。 알겠습니다. al-get-seum-ni-da I understand.	我不知道。 모르겠어요. mo-reu-ge-seo-yo I don't understand.
好的。 좋아요. jo-a-yo All right /O.K.	不要，討厭。 싫어 sir eo I don't like.
可以 돼요. dwae-yo O.K.	不可以。 안 돼요. an dwae-yo No way!

你説對了。
맞습니다.
mat-seum-ni-da
You are right.

我不這麼認為。
저는 그렇게 생각하지 않습니다.
jeo-neun geu-reo-ke saeng-gak-ha-ji an-sseum-ni-da
I don't think so.

疑問／의문

01-03

在韓文中，純粹的單字不能構成完整的句子。疑問詞的敬語語尾，如加上요或ㅂ니까／습니까？而以요結尾的句子，多半是較口語的說法。

這是什麼？ 뭐예요? mwo ye yo What is it ?	誰？ 누구예요? nu gu ye yo Who ?
什麼時候？ 언제입니까? eon je im ni kka When?	在哪裡？ 어디예요? eo di ye yo Where?
為什麼？ 왜요? wae yo Why?	如何？ 어때요? eo ttae yo How?
多少錢？ 얼마예요? eol ma ye yo How much?	幾樓？ 몇 층 입니까? myeot cheung im ni kka Which floor?
需要多長時間？ 얼마나 걸려요? eol ma na geol lyeo yo How long?	幾點？ 몇 시입니까? myeot si im ni kka What time?

常用的疑問詞單字

什麼 무엇 mu-eot what	什麼時候 언제 eon-je when	誰 누구 nu-gu who
什麼時候？ 언제입니까? eon je im ni kka When?	如何 어떻게 eo-tteo-ke how	哪裡 어디 eo-di where

請託／부탁

 01-04

我想去……。
로 가고 싶어요.
ro　　ga go　　sip eo yo

I'd like to go to~.

請給我……。
～주세요.
ju se yo

~, please.

我要找……。
～을/를 찾고 있습니다
eul / reul　chat go　　it seum ni da

I am looking for~.

您說什麼？
뭐라고요?
mwo ra　go　yo

I beg your pardon?

請您說慢一點。
천천히 말해 주세요.
cheon-cheon-hi　mal-hae　　ju-se-yo

Please speak a little more slowly.

有沒有……？
～은/는 있어요?
eun / neun　　is eo yo

Have you got~?

我可以看一下……？
～을/를 보여주세요.
eul / reul　　bo yeo ju se yo

May I see~?

請載我到……。

～로/으로 가주세요.

～　ro　/　eu ro　　　ga ju se yo

Please take me to~.

請再說一遍。

다시 한번 말해 주세요.

da-si　han-beon　mal-hae　　ju-se-yo

Could you say it again?

這要怎麼說？（這是什麼）

이게 뭐에요

i ge　　mwo－ye－yo

What is this？

請問可以幫我一個忙嗎？

좀 도와주시겠어요?

jom　do wa ju si ge seo yo

Would you do me a favor?

可以幫我寫下來嗎？

좀 써 주시겠어요?

jom　sseo　ju si ge seo yo

Could you write it down?

您會說中文嗎？

당신은 중국어를 할 수 있습니까?

dang-sin-eun　jung-gug-eo-reul　hal　su　it-seum-ni-kka

Can you speak Chinese?

不好意思，麻煩您了。

귀찮게 해서 미안합니다.

gwi chan ke　hae seo　　mi an ham ni da

I'm sorry to trouble you.

數字／숫자

 01-05

韓文的數字有兩種，一種是純韓文，另一種則是漢字音，唸起來和中文有些相似。純韓文的數字，只從1到99，主要用在敘述小時、年齡、人數以及放在量詞前，除此之外幾乎都是用漢字音的數字。

有量詞時要用括號內的數字。如一張是한（1）장（張）。

純韓文的數字

1	하나（한） ha-na（han）	10	열 yeol
2	둘（두） dul（du）	20	스물（스무） seu-mul（seu mu）
3	셋（세） set（se）	30	서른 seo-reun
4	넷（네） net（ne）	40	마흔 ma-heun
5	다섯 da-seot	50	쉰 swin
6	여섯 yeo-seot	60	예순 ye-sun
7	일곱 il-gop	70	일흔 il-heun
8	여덟 yeo-deol	80	여든 yeo-deun
9	아홉 a-hop	90	아흔 a-heun

漢字音的數字，要注意的是1這個數字，無須加在百、千、萬前，如100元是「백원（baegwon）」，12月是「십이월（sibiwol）」。0（공）在數字中，除了敘述號碼時，其他情況可省，如201元是「이백일원（ibaegirwon）」。

漢字音的數字

0	공 gong	25	이십오 I-sib-o
1	일 il	50	오십 o-sip
2	이 i	100	백 baek
3	삼 sam	500	오백 o-baek
4	사 sa	1000	천 cheon
5	오 o	2500	이천오백 I-cheon-o-baek
6	육 yuk	5000	오천 o-cheon
7	칠 chil	萬	만 man
8	팔 pal	百萬	백만 baek-man
9	구 gu	千萬	천만 cheon-man
10	십 sip	億	억 eok
11	십일 sib-il	兆	조 jo
20	이십 I-sip		

時間／시간

 01-07

表達時間時，小時使用固有韓文數字，分鐘則用漢字音數字。詳情可參閱上頁數字表。

敘述時間時：（固有韓文數字）시（點）＋（漢字音數字）분（分）

小時的說法

1點 한시 han-si one o'clock	2點 두시 du-si two o'clock	3點 세시 se-si three o'clock	4點 네시 ne-si four o'clock	5點 다섯시 da-seot-si five o'clock	6點 여섯시 yeo-seot-si six o'clock
7點 일곱시 il-gop-si seven o'clock	8點 여덟시 yeo-deol-si eight o'clock	9點 아홉시 a-hop-si nine o'clock	10點 열시 yeol-si ten o'clock	11點 열한시 yeol-han-si eleven o'clock	12點 열두시 yeol-du-si twelve o'clock

分鐘的說法

10分 십분 sip-bun ten minutes	20分 이십분 i-sip-bun twenty minutes	30分／半 삼십분/반 sam-sip-bun / ban thirty minutes/ half an hour	40分 사십분 sa-sip-bun forty minutes	50分 오십분 o-sip-bun fifty minutes

時段的說法

早上 아침 a-chim morning	中午 점심 jeom-sim noon	下午 오후 o-hu afternoon
傍晚 저녁 jeon-yeok evening	晚上 밤 bam night	凌晨 새벽 sae-byeok midnight

敘述時間

現在幾點？

지금 몇시입니까?

ji-geum   myeo-si-ib-ni-kka

What time is it now

兩點半／兩點三十分

(두시 반/두시 삼십분)입니다.

du-si   ban / du-si   sam-sip-bun   ib-ni-da

2:30.

每天幾點起床？

매일 몇시에 일어나요?

mae-il   myeo-si-e   i-leo-na-yo

What time did you wake up every day?

早上七點四十分

오전 일곱시 사십분입니다.

o-jeon   il-gob-si   sa-sib-bun-ib-ni-da

7:40 AM.

幾點開始吃飯？

언제 식사합니까?

eon-je   sig-sa-hab-ni-kka

When is time to eat?

晚上8點開始吃飯

저녁식사는 여덟시부터 합니다.

jeo-nyeog-sig-sa-neun   yeo-deol-si-bu-teo   hab-ni-da

We'll start to eat at 8 o'clock in the evening.

月份・年／월, 년

  01-08

一月 일월 ir-wol January	二月 이월 I-wol February	三月 삼월 sam-wol March	四月 사월 sa-wol April
五月 오월 o-wol May	六月 유월 yu-wol June	七月 칠월 chir-wol July	八月 팔월 par-wol August
九月 구월 gu-wol Septembe	十月 시월 si-wol October	十一月 십일월 sib-ir-wol November	十二月 십이월 sib-I-wol December
月 달 dal month	上個月 지난 달 ji-nan -dal last month	這個月 이번 달 I-beon -dal this month	下個月 다음 달 da-eum -dal next month
年 년 nyeon year	去年 작 년 jang-nyeon last year	今年 올해 ol-hae this year	明年 내 년 nae-nyeon next year

日期／날짜

  01-09

1日 일일 il-il the first	2日 이일 i-il the second	3日 삼일 sam-il the third	4日 사일 sa-il the fourth

5日 오일 o-il the fifth	6日 육일 yug-il the sixth	7日 칠일 chil-il the seventh	8日 팔일 pal-il the eighth
9日 구일 gu-il the ninth	10日 십일 sib-il the tenth	11日 십일일 sib-il-il the eleventh	12日 십이일 sib-i-il the twelfth
13日 십삼일 sib-sam-il the thirteenth	14日 십사일 sib-sa-il the fourteenth	15日 십오일 sib-o-il the fifteenth	16日 십육일 sib-yug-il the sixteenth
17日 십칠일 sib-chil-il the seventeenth	18日 십팔일 sib-pal-il the eighteenth	19日 십구일 sib-gu-il the nineteenth	20日 이십일 i-sib--il the twentieth
21日 이십일일 i-sib-il-il the twenty-first	22日 이십이일 i-sib-i-il the twenty-second	23日 이십삼일 i-sib-sam-il the twenty-third	24日 이십사일 i-sib-sa-il the twenty-fourth
25日 이십오일 i-sib-o-il the twenty-fifth	26日 이십육일 i-sib-yug-il the twenty-sixth	27日 이십칠일 i-sib-chil-il the twenty-seventh	28日 이십팔일 i-sib-pal-il the twenty-eighth
29日 이십구일 i-sib-gu-il the twenty-ninth	30日 삼십일 sam-sib-il the thirtieth	31日 삼십일일 sam-sib-il-il the thirty-first	

星期・時日／요일,시일

 01-10

韓文的星期和日文相同，根據日、月、火、水、木、金、土的順利排列，漢字為曜日。

星期天 일요일 ir-yo-il （日曜日） Sunday	星期一 월요일 wo-ryo-il （月曜日） Monday	星期二 화요일 hwa-yo-il （火曜日） Tuesday	星期三 수요일 su-yo-il （水曜日） Wednesday
星期四 목요일 mo-gyo-il （木曜日） Thursday	星期五 금요일 geum-nyo-il （金曜日） Friday	星期六 토요일 to-yo-il （土曜日） Saturday	假日 휴일 hyu-il holiday
前天 그저께 geu-jeo kke the day before yesterday	昨天 어제 eo-je yesterday	今天 오늘 o-neul today	明天 내일 nae-il tomorrow
後天 모레 mo-re the day after tomorrow	八天 팔일 par-il 8 days	兩週 이주일 I-ju-il 2 weeks	上星期 지난 주 ji-nan -ju last week
這個星期 이번 주 I-beon -ju this week	下星期 다음 주 dae-um -ju next week	平日 평일 pyeong-il weekday	週末 주말 ju-mal weekend
一天 하루 ha-ru onw day	兩天 이틀 I-teul two days	三天 사흘 sa-heul three days	四天 사일 sa-il four days

金錢・單位／돈, 단위

01-11

韓文的貨幣單位為W 원（won），最大單位為10000韓元。

☞金錢

一萬韓元 만 원 man-won ten thousand won	五千韓元 오천원 o-cheon-won five thousand won	一千韓元 천 원 cheon-won one thousand won	五百韓元 오백원 o-baeg-won five hundred won
一百韓元 백 원 baeg-won hundred won	五十韓元 오십원 o-sib-won fifty won	十韓元 십원 sib-won ten won	美金 달러 dal-leo US dollar
現金 현 금 hyeon-geum cash	信用卡 신용카드 sinn-yong-ka-deu credit card	人民幣 인민폐 in-min-py ren-min-bi（RMB）	歐元 유로 yu-lo euro

☞單位：量詞前要加固有韓文數字

～個 ～개 gae ～ item(s)	～瓶 ～병 byeong ～ bottle	～位 ～명 myeong ～ person	～杯 ～잔 jan ～ cup(s)	～雙 ～켤레 kyeo-lle ～ pair
～張 ～장 jang ～ sheet(s)	～斤 ～근 geun ～ catty	～本 ～권 gwon ～ book	～輛 ～대 dae ～ car	～次 ～번 beon ～ time

＊ 韓國的1斤＝600g(肉)、375g(水果、蔬菜）

☞紙幣　目前新舊鈔同時流通使用。

舊鈔		
新鈔		
10,000韓元	5,000韓元	1,000韓元

☞硬幣

500韓元	100韓元
50韓元	10韓元

【資料來源：韓國觀光公社】

02 溝通

communication

近來的韓國愈來愈國際化了。
不僅人人學英文，連中文也很熱門。
因此只要會說簡易英文，搭配基礎韓文
發音，再帶著一顆開放的心，就能在韓
國順利旅遊喔！

自我介紹／자기소개

  02-01

在韓國，第一次見面的人經常會詢問對方年齡，公司的職位，有沒有結婚等私人問題，在長幼有序的韓國社會，了解對方的輩分是很重要的一件事，這是為了避免失禮説出不當的稱呼，當然剛開始會感到很不習慣。不願透露自己的年紀時，可以説：「這是個秘密。비밀이에요 . (bi-mil-i-e-yo ）」但是，好奇的韓國人還是會追問到底。

我叫～

저는 ～라고 해요. / 제 이름은 ～입니다.
jeo-neun ～ rag-o hae-yo / je i-leum-eu ～ ib-ni-da

My name is~

我來自台灣。

저는 대만에서 왔어요
jeo-neun dae-man-e-seo wa-seo-yo

I came from Taiwanese.

很高興見到你。

만나서 반가워요.
man-na-seo ban-ga-wo-yo

It's glad to meet you.

請多多指教。

앞으로 잘 부탁드립니다.
ap-eu-ro jal bu-tak-deu-rim-ni-da

Nice to meet you.

我是來自助旅行的。

배낭여행으로 왔어요.
bae-nang-yeo-haeng-eu-lo wa-seo-yo

I come here for backpacking.

我第一次來到韓國。

한국에 처음으로 왔어요.
han-gug-e cheo-eum-eu-lo wa-sseo-yo

It is my first time to come to Korea.

常聽到的詢問／자주 쓰는 질문

 02-02

你叫什麼名字？

이름이 뭐예요？ / 성함이 어떻게 되세요？
ir-eum-i　mwo-ye-yo　/　seong-ham-i　eo-tteo-ke　doe-se-yo

What's your name?

你是從哪裡來的？

어디에서 오셨어요？
eo-di-e-seo　　o-syeos-eo-yo

Where did you come from?

什麼時候來韓國？

언제 한국에 오셨어요？
eon-je　han-gu-ge　o-syeos-eo-yo

How old are you?

你幾歲？
（較不正式的用法，只能用於平輩）

몇 살이에요？
myeot　sal-i-e-yo

Did you get married?

你幾歲？
（正式的用法，用於長輩）

연세가 어떻게 되세요？
Yeon-se-ga　eo-tteo-ke　doe-se-yo

Did you get married?

結婚了嗎？

결혼했어요？
gyeol-hon-haes-eo-yo

Did you get married?

實用句型：當別人問你幾歲時，回答年紀的方法。

我＿＿＿＿＿＿＿歲。

＿＿＿＿＿＿＿살이에요
sal - i - e -yo

I am ＿＿＿＿＿.

【文法解析】
年紀要用純韓文的數字回答再加上「～살이에요」。
例如：24歲＝20（스무）＋4（네）＝스무네 살이에요

可套用的數字

1 한 han	2 두 du	3 세 se	4 네 ne	5 다섯 da-seot
6 여섯 yeo-seot	7 일곱 il-gop	8 여덟 yeo-deol	9 아홉 a-hop	10 열 yeol
20 스무 seu mu	30 서른 seo-reun	40 마흔 ma-heun	50 쉰 swin	
60 예순 ye-sun	70 일흔 il-heun	80 여든 yeo-deun	90 아흔 a-heun	

學習韓文／한국어 공부

 02-03

敬語女性多半使用요結尾詞，男性則較常使ㅂ니다/습니다.的結尾詞。各地也有當地的方言，目前我們學習的韓文大多指南韓首爾地區使用的標準語。

我在首爾學韓文。
저는 서울에서 한국어를 배웠어요.
jeo-neun seo-ur-e-seo han-gug-eo-reul bae-wo-seo-yo
I learned Korean in Seoul.

你會說韓文嗎？
한국어 할 수 있어요?
han-gu-geo hal su i-seo-yo
Can you speak Korean?

我會一點點。
조금 할 수 있어요.
jo-geum hal su i-seo-yo
I can speak a little.

說得不太好。
잘 못해요.
jal mo-tae-yo
I can speak a little.

說得很好。
잘 해요.
jal hae-yo
I do it well.

常用字彙

方言 **사투리** sa-tu-li accent	首爾 **서울** sa-tu-li Seoul	韓文 **한국어** han-gu-geo Korean

表達情緒常用字彙

有趣	無趣	寂寞	害怕
재미있다	재미없다	외롭다	무섭다
jae-mi-i-da	jae-mie-obs-da	oe-lob-da	mu-seob-da
Interesting	boring	lonely	frightening
悲傷	喜歡	討厭	羨慕
슬프다	좋아하다	싫어하다	부럽다
seul-peu-da	joh-a-ha-da	sil-eo-ha-da	poo-lob-da
sad	like	dislike	evny

高興	嚇一跳
즐겁다/기쁘다	깜짝 놀라다
jeulgeobda / gippeuda	kkam-jjag nol-la-da
happy	to be suprised

祝賀／축하

 02-04

恭喜！
축하합니다. / 축하해요
chug-ha-hab-ni-da. / chug-ha-hae-yo
Congratulations !

新年快樂！
새해 복 많이 받으세요.
sae-hae bog manh-i ba-deu-se-yo
Happy New Year !

祝你生日快樂！
생일 축하합니다.
saeng-il chug-ha-hab-ni-da
Happy Birthday to you !

聊聊家庭 / 가족

 02-05

韓國人在輩份和稱呼上非常講究，女性和男性的用詞會有些許不同，務必要特別留意。

你家有幾個人？
가족이 몇 명이에요?
ga-jo-gi   myeot   myeong-i-e-yo

How many members do you have in your family?

我們家有四個人。
우리 가족은 모두 넷이에요.
u-li   ga-jog-eun   mo-du   nes-i-e-yo

There are four people in my family.

我有一個哥哥。
형이 하나 있어요.
hyeong-i   ha-na   iss-eo-yo

I have one older brother.

我是長男。
저는 장남입니다
jeo-neun   jang-nam-im-ni-da

I'm the oldest in my family.

我是獨生子／獨生女。
외동아들이에요./ 외동딸이에요
oe-dong-a-deul-i-e-yo   /   oe-dong-ttal-i-e-yo

I am a only child.

你有幾個兄弟姐妹？
형제가 명이에요?
hyeon-je-ga   myeong-i-e-yo

Do you have brothers and sisters?

聊聊天氣／날씨

 02-06

韓國的天氣四季分明，春季和秋季的氣候溫和，可賞櫻花和楓葉，但空氣較乾燥，日夜溫差大，要多注意保暖。夏季潮濕炎熱，韓國人多半在此時選擇度假。

冬天的天氣寒冷，但因室內和車內都備有暖氣設備，因此不要穿著過分厚重的衣物，應穿著方便穿脫的毛衣或厚外套，並佩帶圍巾和手套。

今天好冷喔！
오늘은 춥군요.
o-neu-reun   chup-gunn-yo
It's very hot(cold) today.

今天好熱喔！
오늘은 덥군요.
o-neu-reun   deop gunn yo
It's very hot today.

明天天氣如何？
내일 날씨가 어떨까요?
nae-il   nal-ssi-ga   eo-tteol-kka-yo
How will be the weather tomorrow?

天氣很涼爽。
날씨가 시원하군요.
nal-ssi-ga   si-won-ha-gun-nyo
The weather is nice and cold.

明天好像會下雨。
내일 비가 올 것 같아요.
nae-il   bi-ga   ol   geos   gat-ayo
It seems to be rainy tomorrow.

春天 **봄** bom spring	夏天 **여름** yeo-reum summer	秋天 **가을** ga-eul autumn
冬天 **겨울** gye-oul winter	四季 **사계절** sa-gye-jeol Four Seasons	季節 **계절** gye-jeol season
天氣 **날씨** nal-ssi weather	雲 **구름** gu-leum cloud	雪 **눈** nun snow
雨 **비** bi rain	霧 **안개** an-gae fog	梅雨 **장마** jang-ma the rainy season
雷陣雨 **소나기** so-na-gi shower	颱風 **태풍** tae-pung typhoon	涼爽 **시원하다** si-won-ha-da cool
溫暖 **따뜻하다** tta-tteu ta da warm	冷 **춥다** chup-da cold	熱 **덥다** deop-da hot

聊聊工作／직장

 02-07

你的職業是什麼？／你做什麼工作？
직업이 뭐예요? / 무슨 일을 하고 계세요?
jig-eo-bi　　mwo-ye-yo　／　mu-seun　ir-eul　ha-go　gye-se-yo

What's your occupation?

我是公司職員。
회사원이에요.
hoe-sa-won-i-e-yo

I am an office worker

【文法解析】
韓國有專用的職稱，不同的公司甚至有其他職務名稱，然而大致區分如下。
一般稱呼比自己高階的長官會加上「님」表示尊敬。
＊님和씨的區分：職稱＋님，名字＋씨。

常用字彙

一般職員 **사원** sa-won staff member	代理 **대리** dae-ri assistant manager	課長 **과장** gwa-jang manager
次長 **차장** cha-jang deputy general manager	部長 **부장** bu-jang general manager	理事 **이사** i-sa director
社長 **사장** sa-jang president & COO		會長 **회장** hoe-jang chairman & CEO

實用句型：如何回答自己的職業

我是 _____ 。

_____ 입니다.
　　　　　　　im-ni-da

I am a _____ .

【文法解析】
職業名稱＋입니다.

常用字彙

醫生 의사 ui-sa doctor	護士 간호사 gan-ho-sa nurse	記者 기자 gi-ja reporter	警察 경찰 gyeong-chal police
老師 선샘님 seon-saem-nim teacher	學生 학생 hak-saeng studnet	演員 배우 bae-u actor	歌手 가수 ga-su singer
秘書 비서 bi-seo secretary	軍人 군인 gun-in soldier	工程師 엔지니어 en-ji-ni-eo engineer	設計師 디자이너 di-ja-i-neo designer
律師 변호사 byeon-ho-sa lawyer	會計師 회계사 hoe-gye-sa accountant	公務員 공무원 gong-mu-won public servant	公司職員 회사원 hoe-sa-won office worker

聊聊嗜好／취미

 02-08

你的嗜好是什麼？

취미는 뭐예요?
chwi-mi-neun　mwo-ye-yo

What is your hobby？

我喜歡看電影。

영화를 좋아해요.
yeong-hwa-reul　jo-a-hae-yo

I like to watch movies.

我平常最愛上網購物。

난 인터넷 쇼핑을 좋아해요.
nan　in-teo-nes　syo-ping-eul　joh-a-hae-yo

I love internet shopping.

我們的興趣一樣。

우리는 관심과 취미가 비슷해요
u-li-neun　gwan-sim-gwa　chwi-mi-ga　bi-seus-hae-yo

Our hobbies are the same!

你週末都做些什麼？

주말에는 뭘 하세요?
ju-mar-e-neun　mwol　ha-se-yo

What do you usually do at weekend?

你對爬山感興趣嗎？

등산에 관심이 있어요?
deung-san-e　gwan-sim-i　i-seo-yo

Are you interested in mountain climbing？

實用句型：如何表達自己的興趣嗜好。

我喜歡 _____ 。

_____ 을/를 좋아해요.
　　　　　　　eul　reul　jo-a-hae-yo

I like to _____ .

【文法解析】
을/를 좋아해요可用來表達自己的興趣喜好。可在前面放上食物，興趣，人物等等。

常用字彙

登山 등산 deung-san mountain climbing	釣魚 낚시 nak-ssi fish	看電影 영화감상 yeong-hwa-gam-sang movie appreciation
旅行 여행 yeo-haeng travel	聽音樂 음악감상 eum-ak-gam-sang listen to music	拍照 사진촬영 sa-jin-chwar-yeong photograph
閱讀 독서 dok-seo read	看電視 TV보기 TV bo-gi watch TV	上網 인터넷 웹서핑 in-teo-net　wep-seo-ping web surfing
購物 쇼핑 sho-pping shopping	KTV 가라오케 ga-la-o-ke karaoke	繪畫 그림 geu-lim painting

電話用語／전화

 02-09

喂！我是○○
여보세요.○○라고 합니다.
yeo-bo-se-yo la-go ham-ni-da
Hello. This is ○○ speaking.

請問○○在嗎？
○○씨 계신가요?
ssi gye-sin-ga-yo
May I speak to ○○?

可以幫我轉接給○○嗎？
○○씨 좀 바꿔주세요.
ssi jom ba-kkwo-ju-se-yo
May I speak to ○○?

請您說慢一點。
천천히 말해 주세요.
cheon-cheon-hi mal-hae ju-se-yo
Please speak a little more slowly.

抱歉。我打錯了。
죄송합니다. 잘못 걸었습니다.
joe-song-ham-ni-da Jal-mot geor-eot-seum-ni-da
Sorry. I called the wrong number.

可以幫我留言嗎？
메모 남겨 주시겠어요?
me-mo nam-gyeo ju-si-gess-eo-yo
Can I leave message?

電話可以借用一下嗎？
전화를 빌려 주시겠어요?
jeon-hwa-reul bil-lyeo ju-si-gess-eo-yo
Can I use the phone?

請稍候
잠깐만 기다리세요
jam-kkan-man　　gi-da-li-se-yo

Wait a moment.

吸菸／흡연

02-10

韓國目前仍有重男輕女的現象，雖然目前韓國女性抽煙的人口增加，然而韓國人對於女性抽煙的接納度不高，因此有些抽煙的女性會在廁所內抽煙，避免接受異樣的眼光。

我可以抽煙嗎？
담배를 피워도 되겠습니까?
dam-bae-reul　pi-wo-do　　doe-get-seum-ni-kka

Do you mind if I smoke?

不，不可以。
아니요. 안 돼요.
a-ni-yo　　　an　-dwae-yo

No, you may not.

有吸煙區的位置嗎？
흡연석이 있습니까?
heub-yeon-seog-i　　it-seum-ni-kka

Do you have a smoking seat?

常用字彙

吸煙區 **흡 연 석** heub-yeon-seok smoking area	禁煙區 **금 연 석** geum-yeon-seok non smoking area

問路／길 묻기

 02-11

迷路時可持簡易地圖請教路人。韓國人對外國人都親切，只要敢開口詢問應該都可以得到協助。觀光處附近也設有旅遊詢問處，旅遊詢問處的人大部分都能說簡易的英文。

請告訴我該怎麼去這裡？

여기에 어떻게 가는지 알려 주세요.

yeo-gi-e　　eo-tteo-ke　　ga-neun-ji　　al-lyeo　　ju-se-yo

Please tell me how to get there?

我迷路了。

길을 잃어버렸어요.

gir-eul　　ir-eo-beo-ryeo-seo-yo

I think I am lost.

我想去東大門。

동대문에 가고 싶어요.

dong-dae-mun-e　　ga-go　　sip-eo-yo

I would like to go to Dong-Dae-Mun.

要走多久？

얼마나 걸려요?

eol-ma-na　　geol-lyeo-yo

How long does it take?

請幫我畫簡單的地圖。

여기서 약도 좀 그려 주세요.

yeo-gi-seo　　yak-do　　jom　　geu-ryeo　　ju-se-yo

Could you draw me a map, please?

請幫幫忙。

도와 주세요!

do-wa　　ju-se-yo

Help me, please.

實用句型：如何表達自己想去的地點。

我想去 _____ 。

_____ 에 가고 싶어요.
　　　　　　　e　　ga-go　sip-eo-yo

I would like to go to.

【文法解析】

可에（地點助詞）＋가다（動詞原形：去）＋고 싶다 想要＋어요（敬語）
表達自己想去某個地方時可用：地點/地名＋에 가고 싶어요，韓文有許多
助詞，地點後一定要加助詞。

地點

東大門 동대문 dong-dae-mun Dong-Dae-Mun	仁寺洞 인사동 In-sa-dong In-sa-dong	清溪川 청계천 cheong-gye-cheon Cheonggye chon stream	新村 신촌 sin-chon Sinchon
大學路 대학로 dae-hang-no Daehangno	三溫暖 찜질방 jjim-jil-bang haniungmak sauna	春川 춘천 chun-cheon Chuncheon	釜山 부산 bu-san Pusan

方位

東邊 동쪽 dong-jjok east	西邊 서쪽 seo-jjok west	南邊 남쪽 nam-jjok south	北邊 북쪽 bug-jjog north
前 앞 ap front	後 뒤 dwi back	對面 맞은편 ma-jeun-pyeon in front of	直走 직행 jik-haeng go straight
右轉 우화전 u-hwa-jeon right	左轉 좌회전 jwa-hoe-jeon left	旁邊 옆 yeop beside	十字路口 사거리 sa-geo-ri crossroad

03 交通

Transportation

首爾的地鐵主要有八條線，四百多個停靠站，非常便利，搭配巴士轉乘，可輕鬆串聯首爾各地。

巴士、鐵路、航空、船舶四通八達通往各大城市鄉鎮小島。

搭機手續／탑승수속

 03-01

行李最好分為拖運大行李及手提行李兩件，航空公司規定每人免費重量為20公斤，超過者須付超重費用。

請問現在可以辦理登機手續了嗎？

지금 탑승 수속을 할 수 있나요?
ji-geum tap-seung su-sog-eul ha su in-na-yo

May I check in now?

我有兩件行李。

짐은 두 개입니다.
jim-eun du gae-im-ni-da

I have two pieces of luggage.

請給我靠窗的座位。

창가 좌석을 부탁합니다.
chang-ga jwa-seo-geul bu-tak-ham-ni-da

Please give me a window seat.

可以給我們坐在一起的位置嗎？

2명자리를 옆자리로 배정해주세요.
du-myeong-ja-li-leul yeop-ja-li-lo bae-jeong-hae-ju-se-yo

Can we sit together ?

常用字彙

超重 중량초과 jung-nyang-cho-gwa overweight	航空公司櫃檯 항공회사카운터 hang-gong-hoe-sa-ka-un-teo counter	出境大廳 출발홀 chul-bal-hol departure lobby	靠窗的座位 창가 좌석 chang-ga jwa-seog window seat
靠走道的座位 복도 좌석 bog-do jwa-seog aisle seat	護照 여권 yeo-gwon passport	電子機票 이티켓 i-ti-kes eTicket	登機證 탑승권 tab-seung-gwon bording pass

登機／탑승

飛行時間：台灣／首爾 —— 預定飛行時間約2小時15分；首爾／台灣 —— 預定飛行時間約2小時30分。

時差：韓國全國同屬一個時區，格林威治標準時間〈G.M.T〉＋9小時，台灣時刻＋1小時。

十號登機門在哪裡？

십번 탑승구는 어디인가요?
sip-beon tap-seung-gu-neun   eo-di-in-ga-yo

Where's gate 10?

請問登機時間是幾點？

비행기 탑승 시간은 언제입니까?
bi-haen-ggi tap-seung si-ga-neun   eon-je-im-ni-kka

When is the boarding time?

可以出示您的登機證嗎？

탑승권 좀 볼 수 있을까요?
tap-seun-ggwon jom bol su   i-seul-kka-yo

Could I see your boarding pass?

我可以換到那個位置嗎？

저 자리로 옮겨도 될까요?
jeo   ja-ri-ro   om-gyeo-do   doel-kka-yo

Can I change my seat and sit over there, please?

請繫好安全帶。

안전벨트를 매주십시오.
an-jeon-bel-teu-leul   mae-ju-sib-si-o

Please fasten your seatbelt.

此班機將於早上9點抵達仁川國際機場。

이 비행기는 오전 아홉시 인천 국제 공항에 도착합니다.
i   bi-haeng-gin-eun   o-jeon   a-hob-si   in-cheon gu-gje gong-hang-e   do-chag-hab-ni-da

This flight will arrive at Incheon International Airport at 9 am.

機內服務／기내 서비스

 03-03

台灣到韓國的飛行時間比較短，因此起飛至安全高度後就會開始提供簡單的餐點，並有免稅品銷售服務。

有中文報紙嗎？

중국어 신문 있나요?
jung-gu-geo sin-mun in-na-yo

Do you have Chinese newspapers?

請再給我一些咖啡。

커피 더 주세요.
keo-pi deo ju-se-yo

More coffee, please.

可以給我毛毯嗎？

담요 좀 갖다 주세요.
damn-yo jom gat-da ju-se-yo

Could you bring me a blanket ？

請給我一杯熱茶。

뜨거운 차 한잔 주세요.
tteu-ge-oun cha han-jan ju-se-yo

Please give me a cup of hot tea.

常用字彙

閱讀燈 독서등 dok-seo-deung reading light	安全帶 안전벨드 an-jeon-bel-deu seat belt	化妝室 화장실 hwa-jang-sil rest room
使用中 사용중 sa-yong-jung occupied	空位 비어있음 bi-eo-is-eum vacant	逃生門 비상구 bi-sang-gu emergency

實用句型：拜託別人拿某項物品時。

請拿 _____ 給我。

_____ 좀 갖다 주세요.
　　　　　　 jom　gat-da　ju-se-yo

Could you bring me _____ .

【文法解析】
在句子裡加上좀（稍微）有緩和語氣，給人比較親切的感覺。
物品＋좀 갖다 주세요前加的名詞必須是物品。
食物＋주세요食物和飲料等則要用〜주세요。
＊這裡的句型不能放食物。

常用字彙

耳機 이어폰 i-eo-pon earphone	報紙 신문 sin-mun newspaper
枕頭 배개 bae-gae pillows	毛毯 담요 dam-nyo blanket

Hello from South Korea

轉機／비행기를 갈아타기

 03-04

我是過境旅客。

저는 갈아탈 승객이에요.
jeo-neun   ga-ra-tal   seung-gaeg-i-e-yo

I am a transit passenger.

請問轉機櫃檯在哪裡？

갈아탈 비행기의 카운터는 어디입니까?
ga-ra-tal   bi-haeng-gi-ui   ka-un-teo-neun   eo-di-im-ni-kka

Where's the counter for the connecting flights?

我要轉機，請問候機室在哪裡？

비행기를 갈아타야 하는데 대기실이 어디에 있어요?
bi-haeng-gi-reul   ga-ra-ta-ya   ha-neun-de   dae-gi-si-ri   eo-di-e   i-seo-yo

I have to take a connecting flight, where is the waiting room?

我想參加免費的轉機旅遊。

무료 환승투어를 참가하고 싶어요.
Mu-lyo   hwan-seung-tu-eo-leul   cham-ga-ha-go   sip-eo-yo

I would like to attend a free transit tour.

常用字彙

汗蒸幕 **한증막** han-Jeung-Mak haniungmak sauna	韓服 **한복** han-bog hanbok	候機室 **여객터미널** Yeo-gaeg-teo-mi-neol departure lounge
轉機旅遊 **트랜짓투어 / 환승투어** Teu-laen-jis-tu-eo / hwan-seung-tu-eo transit tour	服務櫃台 **안내 데스크** An-nae de-seu-keu information desk	醫療轉機觀光 **의료환승 관광** Ui-lyo-hwan-seung gwang-wang medical tourism

Column ② 轉機旅遊

　　若正在規劃經由仁川國際機場轉機前往第3國旅遊的話，建議可利用轉機時間，體驗韓國各種旅遊景點與特色文化。

　　即使只有短短一、兩個小時也無妨，韓國規劃了許多旅遊行程，利用轉機等候時間即可參加的旅遊活動。即使旅遊前未事先規劃「轉機旅遊」也不必擔心，一抵達仁川國際機場，前往「轉機旅遊」服務櫃檯向服務人員洽詢的話，即可獲得符合您需求的旅遊觀光行程資訊。從參觀韓國文化遺產的行程到逛街購物，可選擇各式各樣的旅遊商品。

　　別再坐在機場內等候轉乘班機，利用候機時間創造在韓國難忘的回憶吧！

　　在仁川國際機場可參加的轉機旅遊有仁川觀光巴士、首爾觀光巴士、寺廟觀光、首爾夜間觀光等各種選擇。依據行程路線，各需要1小時、2小時、3小時、3小時30分鐘、5小時左右，可配合個人轉機時間做選擇。轉機旅遊有英語導遊同行，即使不諳韓語，亦可輕鬆享受旅遊，且全為免費行程，不需額外付費，僅需支付旅遊景點門票與個人餐費喔！

＊為了仁川國際機場內轉機旅客所規劃的各種服務，可在下列網站中查詢確認。

仁川國際機場（英） http://www.airport.kr/eng/

瀏覽轉機旅遊資訊（簡中）
http://www.cyberairport.kr/contents/chn/index.jsp

仁川轉機醫療觀光

　　仁川國際機場為讓來訪韓國的外國旅客與轉機旅客（韓國滯留時間4小時以上）能夠接受快速且便利的韓國醫療服務，提供了仁川轉機醫療觀光服務（In-Transit Medical Tourism）。醫療觀光服務優點是可在距離仁川國際機場5～25分鐘左右車程距離的醫院選擇欲診療的項目，輕易且快速的接受診療與診察服務，而另一個優點是可以比其他國家便宜約20～30%的低廉價格，接受高水準的醫療診療服務。來訪韓國前若事先預約，可更輕易、快速地接受診療，亦接受電話諮詢預約當日診察。

詳細資訊：
仁川國際機場（英）
☞ 位置：仁川機場1樓7、8號出口間
☞ 服務時間：06:30～19:00
☞ 電話：+82-32-741-3139, 3140（韓英）

仁川醫療觀光財團
☞ 網站：http://medical.incheon.go.kr（韓英日中俄越阿拉伯）

（資料來源：韓國觀光公社）

基本單字

溝通

交通

觀光

飲食

購物

住宿

意外事故

入境審查／입국검사

 03-05

台灣人享有入境韓國30天免簽證的優惠，但是入境前要填寫入境表格。

請給我一張入境表格。
입국신고서 한장 주세요.
ip-guk-sin-go-seo　　han-jang　　ju-se-yo
Could I have a arrival card, please？

我是從台灣來的旅客。
저는 대만에서 온 여객입니다.
jeo-neun　dae-man-e-seo　on　yeo-gaeg-im-ni-da
I'm a tourist from Taiwan.

我來這裡工作。
일 때문에 왔어요.
il　ttae-mu-ne　wa-sseo-yo
I am here for work.

我來觀光。
관광하러 왔어요.
gwan-gwang-ha-reo　wa-sseo-yo
I am here for sightseeing.

請問你打算在韓國待多久？
한국에서 얼마나 계실건가요?
han-gu-ge-seo　eol-ma-na　gye-sil-geon-ga-yo
How long are you going to stay in Korea?

一個星期左右。
일주정도요.
il-ju-jeong-do-yo
About 1 week.

常用字彙

入境表格 입국신고서 ip-guk-sin-go-seo arrival card	海關 세관 se-gwan customs	行李 짐 jim baggage	登機門 탑승구 Tab-seung-gu boarding gate
機場 공항 gong-hang airport	航廈 터미널 teo-mi-neol terminal	國際線 국제선 tu-gje-seon international	國內線 국내선 gug-nae-seon domestic
起飛 이륙 il-yug take-off	降落 착륙 chagl-yug land	免稅商品店 면세점 myeon-se-jeom duty-free store	機場貴賓室 공항 라운지 gong-hang la-un-ji airport lounge

實用句型：表達來這裡的目的是什麼。

我是來 _____ 。

_____ 하러 왔어요.
　　　　　ha-reo　wa-sseo-yo

I am here for _____ .

【文法解析】

러表示目的，通常和오다（來），가다（去）等動詞連用。

왔어요＝오다（動詞：來的原型）＋았（過去式）＋어요（敬語）

하러 왔어요在這裡可以解釋為來做_____的涵義。

觀光 관 광 gwan-gwang sightseeing	出差 출장 chul-jang business trip	留學 유학 yu-hak study abroad

認領行李／수화물 찾기

 03-06

入境審查結束後，就可領回自己的行李。找到自己搭乘班機號碼的行李輸送帶後，就可等待行李被輸送帶送出。仁川機場的手推車可免費供旅客使用。等待行李時經常會發現機場內有緝毒犬四處巡邏，在行李附近檢查是否有毒品，注意不要攜帶肉類或水果等製品，被檢查出來可能會受罰。

請問在哪裡領行李？
짐은 어디에서 찾아야 합니까?
jim-eun　eo-di-e-seo　　cha-ja-ya　　ham-ni-kka
Where can I get my baggage?

我找不到我的行李。
제 짐을 못 찾겠습니다.
je　　jim-eul　　mot　　chat-get-seum-ni-da
I can't find my baggage.

行李遺失／분실 짐

 03-07

行李遺失時，務必要請航空公司開立遺失證明書，並留下連絡電話住址以便找回行李時聯絡。

請問這裡是行李遺失的申報處嗎？
여기가 분실물 신고하는 곳입니까?
yeo-gi-ga　　bun-sil-mul　　sin-go-ha-neun　　go-sib-ni-kka
Is this where I should report lost luggage.

請開遺失證明書給我。
분실증명서를 만들어 주세요.
bun-sil-jeung-myeong-seo-reul　man-deu-reo　　ju-se-yo
Could you make a report for loss?

找到的話請聯絡飯店。
찾으면 호텔로 연락해 주세요.
cha-jeu-myeon　　ho-tel-lo　　yeon-lag-hae　　ju-se-yo
Please contact the hotel when you find it.

海關檢查／세관 검사

 03-08

韓國禁止攜帶肉類、水果、種子、植物等入境。新台幣現金不得超過NT$40,000，美金現金（或等值外幣）不得超過USD5,000。

這需要申報嗎？

이것을 신고해야 합니까?

i-geo-seul　　sin-go-hae-ya　　ham-ni-kka

Do I need to declare this?

這是送朋友的禮物。

친구에게 줄 선물이에요.

chin-gu-e-ge　　jul　　seon-mur-i-e-yo

It's a gift for my friend.

我沒有要申報的物品。

저는 신고할 물건이 아무것도 없어요.

jeo-neun　sin-go-hal　mul-geon-i　a-mu-geot-do　eop-seo-yo

I have nothing to declare.

常用字彙

行李箱 **슈트케이스** syu-teu-kei-seu suitcase	旅行袋 **여행용 가방** yeo-haeng-yong ga-bang travel bag	背包 **배낭** bae-nang backpack
手提行李 **기내 수하물** gi-nae su-ha-mul hand baggage	免稅 **면세** myeon-se duty-free	課稅 **과세** gwa-se taxation
申報 **신고** sin-go declaration	行李提領處 **수하물 찾는곳** su-ha-mul chaj-neun-gos baggage cliam	遺失物品申報處 **분실물센터** bun-sil-mul-sen-teo lost & found

基本單字

溝通

交通

觀光

飲食

購物

住宿

意外事故

外幣兌換／환전

 03-09

目前只有少數的地方可以直接用台幣兌換韓幣，台灣機場和韓國機場持台幣雖然可直接兌換，然而匯率很差，最好是在台灣先兌換好美金，再拿美金兌換韓幣。仁川機場、一般銀行還有明洞、梨泰院等地都有可供兌換的地方。民間換錢所，會很清楚的用中英日韓文寫著「外幣兌換」，但是兌換前，記得要詢問當日匯率。

請問哪裡可以兌換外幣？

환전하는 곳이 어디인가요?
hwan-jeon-ha-neun　go-si　eo-di-in-ga-yo

Where can I exchange money?

我想換成韓幣。

한국돈으로 바꿔 주세요.
han-gug-don-eu-lo　ba-kkwo　ju-se-yo

I would like to change dollars into Korean won.

請問這裡可以換美金嗎？

여기서 달러를 바꿀 수 있어요?
yeo-gi-seo　dal-leo-reul　ba-kkul　su　is-eo-yo

Can I exchange dollars?

今天的匯率多少？

오늘 환율은 얼마입니까?
o-neul　hwan-nyur-eun　eol-ma-im-ni-kka

What's the exchange rate today？

我要換兩百美金。

이백 달러를 바꿔 주세요.
i-baek　dal-leo-reul　ba-kkwo　ju-se-yo

I'd like to change 200 dollars.

請給我收據。

영수증 주세요.
yeong-su-jeung　ju-se-yo

Give me the receipt, please.

機場巴士／공항 버스

 03-10

機場巴士分為優等和一般兩種，優等機場巴士座椅較一般寬敞。特定路線之巴士是固定的，但幾處市中心地點，有多台車同時行經的可能性，可以自由選擇搭乘優等或一般巴士。一般機場巴士目前價格為9,000～10,000韓元不等。

請注意機場巴士一定要先在售票處購買車票後才能上車，不清楚該如何乘坐時可先在機場的旅遊服務中心詢問。

搭車時如果有較大行李寄放在巴士內，機場的服務員會協助抬至行李處，並且給行李收據，一件一張，並記得不要把收據丟掉，司機只認票不認人。

我想去明洞，請問要搭幾號機場巴士？
명동에 가려고 하는데 몇 번 공항버스를 타야 되나요?
myeong-dong-e ga-ryeo-go ha-neun-de myeot beon gong-hang-beo-seu-reul ta-ya doe-na-yo
I want to go to Myeong-Dong, which Airport Shuttle Bus should I take？

在哪裡買票？
표를 어디서 끊나요?
pyo-reul eo-di-seo kkeun-na-yo
Where can I get a ticket？

在哪裡坐車？
어디에서 타야 하나요?
eo-di-e-seo ta-ya ha-na-yo
Where can I take the Airport Shuttle Bus？

下一輛車幾點出發呢？
다음 차는 몇시에 출발해요?
da-eum cha-neun myeot-si-e chul-bal-hae-yo
When does the next bus depart？

機場鐵路／공항철도

 03-11

仁川機場鐵路於2008年3月底正式開通，可從仁川機場直接搭乘至金浦機場再轉換至其他地鐵站，首爾地區的地鐵四通八達，可通往各知名景點。

請問在哪裡搭乘機場鐵路？
공항철도는 어디에서 타야 하나요?
gong-hang-cheol-do-neun　　eo-di-e-seo　　ta-ya　　ha-na-yo
Where can I take the Airport Railroad？

國內機場－金浦機場／김포공항

 03-12

韓國國內線航空公司有大韓航空（KE）及韓亞航空（OZ）二家，連接韓國國內主要城市。首爾—濟州之間的飛行時間約1小時，其它城市也都在40分至1小時左右。

請問大韓航空的櫃檯在哪裡？
대한항공 카운터는 어디예요?
dae-han-hang-gong　　ka-un-teo-neun　　eo-di-ye-yo
Where's the counter for Korea Airlines?

請問是幾號登機門？
이 비행기는 몇 번 게이트입니까?
i　　bi-haeng-gi-neun　　myeot-beon　　ge-i-teu-im-ni-kka
What's the gate number?

常用字彙

仁川國際機場 인천국제공항 in-cheon-guk-je-gong-hang In-Cheon International Airport	金浦機場 김포공항 gim-po-gong-hang Gim-Po Airport	濟州機場 제주공항 je-ju-gong-hang Je-Ju Airport

地鐵／지하철

 03-13

搭乘韓國地鐵和公車，可投錢或使用交通卡，建議可購買交通卡。不僅方便又有換乘的優惠。

請問附近的地鐵站在哪裡
이 근처 지하철역이 어디에 있어요?
i geun-cheo ji-ha-cheol-yeo-gi eo-di-e i-seo-yo
Where is the nearest subway station?

請問要搭幾號線？
몇 호선을 타야 합니까?
myeot ho-seo-neul ta-ya ham-ni-kka
Which line would I have to take ?

請問要在哪搭乘地鐵二號線？
지하철 이호선은 어디에서 타야 합니까?
ji-ha-cheol i-ho-seo-neun eo-di-e-seo ta-ya ham-ni-kka
Where do I get to line number two ?

到明洞時請告訴我。
명동에 도착하면 알려 주세요.
myeong-dong-e do-chak-ha-myeon al-lyeo ju-se-yo
Please let me know when we get to Myeong-Dong.

請問梨花女大要從哪個出口出去？
이화여대에 가려면 몇 번 출구로 나가야 돼요?
i-hwa-yeo-dae-e ga-ryeo-myeon myeot-beon chul-gu-ro na-ga-ya dwae-yo
Which exit leads to I-Hwa Unversity?

常用字彙

出口 **나가는 곳** na-ga-neun got way out	轉車處 **갈아타는 곳** ga-ra-ta-neun got transfer	乘車處 **타는 곳** ta-neun got tracks

轉車處 / 갈아타는 곳

03-14

要在哪裡轉車呢？

어디서 갈아타야 하나요?

eo-di-seo　　ga-ra-ta-ya　　ha-na-yo

Where should I change trains?

需要轉車嗎？

차를 갈아타야 합니까?

cha-reul　　ga-ra-ta-ya　　ham-ni-kka

Should I change trains?

交通卡 / 교통카드 (T-MONEY 카드)

  03-15

使用 T-money 卡可搭乘首爾、京畿道地區的公車及地鐵，每次能省下 100 韓元，同時有換乘地鐵和公車的優惠。並可重複儲值。

銷售處：首爾內 FAMILY MART／GS25／7-ELEVEN／BUY THE WAY 便利店及各地鐵站（地鐵站內只提供一般卡片型。）

請幫我儲值。

충전해 주세요.

chung-jeon-hae　　ju-se-yo

Please recharge (my T-Money-card)!

請給我一張 T—MONEY 卡。

T-MONEY 카드 한 장 주세요.

T—MONEY　　ka-deu　han jang　　ju-se-yo

One T-Money-card, please.

實用句型：表達如何購買票卷類的物品。

請給我一張 _____ 。

_____ 한 장 주세요.
　　　　　　　han　jang　ju-se-yo

One _____ , please ?

【文法解析】
韓文文法把動詞放在最後面。因此要先說出自己要的東西，之後再放量詞。
한（固有韓文的數字，一）장（張）주세요（請給我）
一到五：한，두，세，네，다섯，其他替換數字請參考基本單字的數字解說。
物品名稱＋한 장 주세요

常用字彙

門票 티켓 ti-ket ticket	T—MONEY卡 T-MONEY 카드 T—MONEY　　ka-deu T—MONEY card	入境表格 입국신고서 ip-guk-sin-go-seo arrival card

實用句型：詢問巴士行經過的地點。

這台巴士有開往 _____ 嗎？

이 버스는 _____ 에 가요?
i　beo-seu-neun　　　　　　　e　gayo

Is this bus going to _____ ?

【文法解析】
이（這台）버스（巴士）는（助詞）_____ 에（地點助詞）
가다（去）요（疑問的敬語語尾）
이 버스는 __地點__ 에 가요?　에是地點助詞，因此地點都要放在에前。

實用字彙

N首爾塔 N 서울타워 N　seo-ul-ta-wo N Seoul Tower	博物館 박물관 bang-mul-gwan museam	美術館 미술관 mi-sul-gwan art museam

Column ③ 認識交通卡(T-MONEY卡)

（正面）　　　　　　　　　　　　　　　　（背面）

一般T-MONEY卡2500元，有很多種不同類型

有2種儲值方法：

- 便利商店或地鐵站窗口
- 用地鐵站內的儲值機

儲值機使用步驟：

1、將卡片插入下方標示有1號的地方。

2、最上端銀幕會顯示目前餘額。

3、單次可加值的金額分別有1000, 2000, 3000, 5000, 10000, 20000, 30000, 50000韓元等8個按鍵。

4、選擇的金額會出現在第二欄銀幕上。

5、將紙鈔放入。

6、儲值後的金額會顯示在第三欄；機器右上角的電子欄會顯示投入的金額。

- **교통가트를 오려 놓아 주십시오** （請插入卡片）
- **충전전 금액**（儲值前金額）
- **충전금액**（請插入卡片）
- **충전후 금액**（儲值金額）
- **투입 금액**（投入金額）

火車╱기차

 03-16

利用同一張車票，換乘高速鐵路（KTX）、新村號和無窮花號不同等級列車時，新村號和無窮花號的車票可享30％的優惠。

我想去釜山，請問要搭哪一種火車？

부산에 가려면 어떤 기차를 타야 합니까?
bu-san-e ga-ryeo-myeon eo-tteon gi-cha-reul ta-ya ham-ni-kka

I want to go to Busan. Which train must I take?

請問可以用KR Pass搭乘嗎？

KR 패스로 승차할 수 있습니까?
KR pae-seu-ro seung-cha-hal su it-seum-ni-kka

Can I use the KR Pass?

KR pass：是專門為外國遊客設計的火車旅行票券。遊客可上網購買，或在台灣代理處購買後，在韓國指定交換處兌換即可。持KR pass在限定的天數內，可無限次數搭乘（觀光列車不可，也不包含地鐵）。用KR pass預約車票後，離發車二小時之內的班次，不可以更換。

☞**KR pass 售價**
單位：韓幣（2015年最新版）

區分	標準價格		優惠價 （2-5人團體）	國際學生證 （13-25歲）
	成人	兒童		
1日券	66,900	33,500	60,300	53,600
3日券	93,100	46,500	83,700	74,500
5日券	139,700	69,900	125,700	111,800
7日券	168,400	84,200	151,600	134,700

火車月台／플랫폼

 03-17

火車站櫃檯都有會説英文的服務人員，不太清楚該如何坐車時，可以詢問櫃檯的服務人員。

這輛車在哪個月台呢？

이번 차는 어느 플랫폼에 있나요?
i-beon   cha-neun   eo-neu   peul-laet-pom-e   in-na-yo

Which platform does this train depart from？

請問往春川的火車要在哪搭乘呢？

춘천 가는 차는 어디에서 타요?
chun-cheon ga-neun cha-neun   eo-di-e-seo   ta-yo

Where can I take the train to go to Chun-Cheon？

＜火車種類＞

新村號（特快） 새마을호	主要連接漢城與釜山等長距離路線，類似台灣自強號
無窮花號（快車） 무궁화호	類似台灣的莒光號，是柴油火車頭
高速鐵路 KTX	高速鐵路，時速高達300公里。

＜火車種類＞

首爾火車站 서울역	最重要的火車站，也是連接首爾和釜山的京釜線的起點。 地鐵4號線首爾站 號出口／地鐵1號線首爾站②號出口
龍山站 용산역	KTX，往全羅南道、木浦方向的湖南線，首爾搭車處。 地鐵1號線龍山站／地鐵4號線新龍山站④號出口
清涼裡站 청량리역	「清涼裡」和「慶州市」慶州站中央線的起點， 前往東南邊「慶尚北道」和東邊「江原道」的火車一般從這裏出發 地鐵1號線清涼裡站④號出口
城北火車站 성북역	開往南春川方面的火車，一般都會經過城北站，南春川包括春川、清平、加平及江村站。 地鐵1號線城北站①號出口

巴士／버스

請讓我在下一站下車。
다음 정류장에서 내려 주세요.
da-eum　jeong-nyu-jang-e-seo　nae-ryeo　ju-se-yo
Let me off at the next stop, please.

這輛巴士開往哪裡？
이 버스는 어디까지 갑니까?
i　beo-seu-neun　eo-di-kka-ji　gam-ni-kka
Where does this bus go to?（What is the destination of this bus?）

要在哪裡下車呢？
어디서 내려야 하나요?
eo-di-seo　nae-ryeo-ya　ha-na-yo
Where do I get off？

不好意思。到慶州時請告訴我。
죄송합니다. 경주에 도착하면 좀 알려 주세요.
joe-song-ham-ni-da　Gyeong-ju-e　do-chak-ha-myeon　jom　al-lyeo　ju-se-yo
Excuse me. Please let me know when we get to Gyeong-Ju.

這裡是哪裡呢？
여기가 어디예요?
yeo-gi-ga　eo-di-ye-yo
Where are we?

還沒到慶州嗎？
경주 아직 도착 안했어요?
gyeong-ju　a-jik　do-chak　an-hae-seo-yo
Haven't we arrived at Gyeong-Ju yet?

實用句型：拜託別人到某地點時請告訴我。

不好意思。到 _____ 時請告訴我。

죄송합니다. _____ 에 도착하면 좀 알려 주세요.
joe-song-ham-ni-da　　　　　　　　e　do-chak-ha-myeon　jom　al-lyeo　ju-se-yo

Excuse me. Please let me know when we get to _____ .

【文法解析】

對別人說抱歉或不好意思時可說죄송합니다（joe-song-ham-ni-da）或미안
합니다（mianhamnida），죄송합니다（joe-song-ham-ni-da）是比較正式
的用法。

에（地點助詞）＋ 착하다（抵達）＋면（假如）＋좀（稍微）＋알려（告
知）＋주세요（請）

地點 에 도착하면 좀 알려 주세요.

常用字彙

仁川機場 인천공항 in-cheon-gong-hang Incheon International Airport	釜山 부산 bu-san Busan	慶州 경주 gyeong-ju Gyeong-ju
新村 신촌 sin-chon Shinchon	明洞 명동 myeong-dong Myeong-dong	東大門 동대문 dong-dae-mun Dongdaemun
首爾車站 서울역 seoul-yeog Seoul Station	金浦機場 김포공항 gim-po-gong-hang Gimpo International Airport	江南 강남 gang-nam Gangnam
高速巴士車站 고속버스터미널 go-sog-beo-seu-teo-mi-neol express bus terminal	電影院 영화관 yeong-hwa-gwan movie theater	醫院 병원 byeong-won hospital

計程車／택시

 03-19

稱呼計程車司機時可用아저씨 a-jeo-ssi（大叔）。

請幫我叫計程車。
택시 불러주세요.
taek-si   bul-leo-ju-se-yo
Could you get me a taxi?

請載我去明洞。
명동으로 가주세요.
myeong-dong-eu-ro   ga-ju-se-yo
To Myeong-Dong, please.

請在這裡停車。
여기서 세워 주세요.
yeo-gi-seo   se-wo   ju-se-yo
Stop here, please.

請帶我到這個地址。
이 주소로 가 주세요.
i   ju-so-ro   ga   ju-se-yo
Take me to this address, please!

實用句型：拜託某人載我去某地方。

請載我去 _____ 。
_____ 으로/로 가주세요
        eu-ro / ro   ga-ju-se-yo

To _____ , please.

【文法解析】
으로/로是表示方向的助詞。가주세요是載我去的涵義。
으로/로的區別在於前面單字的最後一個字是否有收尾音。
例：明洞명동（有收尾音）＋으로
梨大이대、大學路대학로（無收尾音）＋로。
這個句型只有在坐計程車時才會用到。
地點＋으로/로가주세요.

租車／자동차 렌트

 03-20

韓國最大的兩家租車公司為錦湖及AVIS。車輛一般為2-3年份的新車，在交車時，一定要和現場職員仔細確認車輛的狀態，包括刮痕、鈑漆等部份，詳細記載於合約上，以免日後發生不必要的糾紛。還車時需將油加滿至取車時的量。大城市的交通複雜容易塞車，盡量使用大眾交通工具，比較建議租車的區域為慶州及濟州。

請問哪裡可以租車呢？
어디에서 차를 빌릴 수 있을까요?
eo-di-e-seo　　cha-reul　bil-lil　su　　i-seul-kka-yo
Where can I rent a car?

我想租車。
자동차 렌트하려고 하는데요.
ja-dong-cha　　ren-teu-har-yeo-go　　ha-neun-de-yo
I'd like to rent a car.

我有國際駕照。
국제 운전면허증을 가지고 있어요.
guk-je　un-jeon-myeon-heo-jeung-eul　ga-ji-go　i-seo-yo
I have an international driver's license.

一天的租車費多少錢。
하루에 요금이 얼마예요?
ha-ru-e　　yo-geu-mi　eol-ma-ye-yo
What's the charge per day?

我想租兩天。
이틀 동안 이 차를 빌리고 싶어요.
i-teul　dong-an　i　cha-reul　bil-li-go　sip-eo-yo
I'd like to rent this car for 2 days.

請問有含保險嗎？
보험료도 포함됩니까?
bo-heom-nyo-do　　po-ham-doem-ni-kka
Does it include accident insurance?

船／배

可在韓國各港口搭乘前往其他港口或小島。也可由仁川港搭乘前往中國各大港口，從釜山港前往日本各大港口。不會暈船以及旅遊時間較長的旅客，可以規劃雙國度的旅遊。

請給我一張到濟州島的船票。

제주도로 가는 표 한 장 주세요.
je-ju-do-ro ga-neun pyo han jang ju-se-yo

One-way to Jeju Island.

請問幾點出發？

출항은 몇시입니까?
chul-hang-eun myeot-si-im-ni-kka

What's the departure?

我暈船了。請問有藥嗎？

배멀미가 납니다. 약 있습니까?
bae-meol-mi-ga nam-ni-da yak it-seum-ni-kka

I feel seasick. May I have some medicine?

實用字彙

遊覽船 유람선 yu-lam-seon cruise ship	港口 항구 hang-gu harbor
暈船/車/機藥 멀미약 meolmiyag anti-sickness pills	船長 선장 seonjang captain

04 觀光

Sightseeing

四季分明的韓國，春天可在櫻花盛開的
街道上漫步。
秋天可登上楓葉繽紛的高山，冬天欣賞
滿天飛舞的銀色雪景。
除此之外還有各種著名的韓劇景點。
一起來感受充滿魅力的多變韓國吧！

旅客服務中心／관광안내소

 04-01

可在韓國各港口搭乘前往其他港口或小島。也可由仁川港搭乘前往中國各大港口，從釜山港前往日本各大港口。不會暈船以及旅遊時間較長的旅客，可以規劃雙國度的旅遊。

請告訴我怎麼去旅客服務中心。
관광안내소는 어디에 이는지 좀 알려 주세요.
gwan-gwang-an-nae-so-neun　eo-di-e　i-neun-ji　jom　al-lyeo　ju-se-yo
Please direct me to the tourist information center.

請問有市區觀光巴士嗎？
시내 관광버스 있나요?
si-nae　gwan-gwang-beo-seu　i-nna-yo
Are there any bus tours？

可以給我免費的市區地圖嗎？
무료 시내 안내도를 주시겠어요?
mu-ryo　si-nae　an-nae-do-reul　ju-si-ge-seo-yo
Please give me a free city map.

可以給我這裡的觀光資料嗎？
이곳의 관광자료를 좀 주세요.
i-go-sui　gwan-gwang-ja-ryo-reul　jom　ju-se-yo
Please give me some of your tourist brochures.

可以告訴我值得去的地方嗎？
가볼만한 곳 좀 알려주실 수 있으세요?
ga-bol-man-han　gos　jom　al-lyeo-ju-sil　su　iss-eu-se-yo
Can you tell me a location that's worth going?

實用字彙

地圖	折價卷	觀光導覽手冊	市區觀光巴士
지도	쿠폰	관 광 투어 가이트북	시내투어버스
ji-do	ku-pon	gwan-gwang tu-eo ga-i-teu-bug	si-nae-tu-eo-beo-seu
map	coupon	tourist guide	tour bus

門票 티킷 ti-kit ticket	美術館 미술관 mi-sul-gwan art museum	博物館 박물관 bag-mul-gwan museum	紀念品店 기념품 가게 gi-nyeom-pum ga-ge gift shop
出口 출구 chul-gu exit	入口 입구 ib-gu enter	劇場 극장 geug-jang theater	寺廟 절 jeol temple

仁寺洞／인사동

 04-02

位於景福宮旁的仁寺洞是非常有藝術人文氣息的街道，不僅可在此採購著名的韓紙、韓國絲綢、陶瓷器、韓國傳統工藝品，還可在畫廊內欣賞現代美術，巷子裡的韓國傳統餐飲店和韓國傳統茶坊，充滿韓國風情。週日下午四點會有古裝韓服的街頭表演。

可以幫我照相嗎？
사진 좀 찍어 주실래요?
sa-jin jom jjig-eo ju-sil-lae-yo
Could you take a picture for me, please?

請問這裡是仁寺洞路嗎？
여기 인사동길인가요?
yeo-gi in-sa-dong-gil-in-ga-yo
Is this Insa-dong street?

請給我傳統茶和韓菓套餐。
전통차와 한과 세트로 주세요.
jeon-tong-cha-wa hang-wa se-teu-ro ju-se-yo
I'll have a traditional tea and Hangwa set.

實用字彙

韓紙工藝 한지공예 han-ji-gong-ye Korean paper craft	針織工藝 바느질 공예 ba-neu-jil gong-ye knitting	刺繡 자수 ja-su embroidery

清溪川／청계천

 04-03

清溪川於1970年代初因清溪川高架道路建設，而失去溪流的外貌。
2005年經復原後，立即成為首爾市內最知名的觀光景點。清溪川沿岸
有相當著名的清溪8景，沿岸建有象徵蝴蝶振翅翱翔的飛翔橋、傳統與
未來合一的廣橋等20多座美麗、具特色的橋樑。其中以大理石建成的
「節奏壁川」、及利用韓國8大行政區代表石材建成的「石潭」等，都
是吸引遊客的熱門景點，非常值得一看。

我想去清溪川。
청계천에 가고 싶어요
cheong-gye-cheone　ga-go　si-peo-yo
I'd like to go to Cheonggyechon stream.

我想參加清溪川觀光導覽。
청계천 관광 투어에 참가하고 싶어요.
cheong-gye-cheon gwan-gwang　tu-eo-e　cham-ga-ha-go　si-peo-yo
I'd like to take a Cheonggyechon stream sightseeing tour.

請問有中文導遊隨行嗎？
중국어 가이드가 따라 오나요?
jung-gu-geo　ga-i-deu-ga　tta-ra　o-na-yo
Is there a guide who speaks Chinese?

請問要參觀哪些地方？
그건 어디를 돌아보는 건가요?
geu-geon　eo-di-reul　do-ra-bo-neun　geon-ga-yo
What places do we visit?

景福宮／경북궁

 04-04

景福宮具有600年歷史，是韓國李朝時期的五大古宮闕之一，地面積達
15萬坪，是五大古宮中，規模最大、建築設計最美的。目前興禮門外
西側建有國立古宮博物館，景福宮內香遠亭東側則有國立民俗博物館。

這是哪個世紀的東西呢？

이것 몇 세기의 것인가요?
i-geot　myeot　se-gi-ui　　geonn-in-ga-yo

What century is this from?

誰建造的呢？

누가 지었나요?
nu-ga　　ji-eon-na-yo

Who built this?

哪裡最值得看呢？

가장 볼만한 곳은 어디인가요?
ga-jang　bol-man-han　go-seun　　eo-di-in-ga-yo

What is the single most important point?

漢江遊覽船／유람선

  04-05

乘坐漢江的遊覽可船觀賞漢江週邊美景，還能看到栗島、切頭山公園、
63天空藝術城、南山塔、蠶室綜合體育場等有名的觀光場所，晚上搭
乘也另有一番風情。

請問在哪裡搭乘遊覽船呢？

유람선은 어디서 탈 수 있습니까?
yu-ram-seo-neun　　eo-di-seo　　tal　su　it-seum-ni-kka

Where can I take the sightseeing boat?

幾點搭乘呢？

몇 시에 탑승하죠?
myeot　si-e　　tap-seung-ha-jyo

What time do we board?

新村／신촌

 04-06

新村以延世大學為中心，連接附近的梨花女子大學、西江大學和弘益大學，形成一條大學街，是年輕人聚集的場所有各種風格獨具的餐廳、咖啡館、KTV、網咖，是首爾代表性的娛樂區之一。

你去過韓國的KTV嗎？

노래방에 가 본 적이 있어요?
no-rae-bang-e   ga bon   jeo-gi   i-seo-yo

Have you ever been to a Noraebang?

去過。

가 본 적이 있어요.
ga bon   jeo-gi   i-seo-yo

Yes, I have.

沒去過。

가 본 적이 없어요.
ga bon   jeo-gi   eobs-eo-yo

No, I haven't.

新村是大學聚集的地區。

신촌은 대학들이 모여 있는 지역이에요.
sin-cho-neun dae-hak-saeng-deu-ri mo-yeo in-neun   ji-yeog-i-e-yo

Sinchon is the area where unversities are gathered.

實用字彙

延世大學	梨花女子大學	西江大學
연세대학교	이화여자대학교	서강대학교
yeon-se-dae-hag-gyo	i-hwa-yeo-ja-dae-hag-gyo	seo-gang-dae-hag-gyo
Yonsei University	Ewha Womans University	Sogang University

弘益大學／홍대

弘益大學附近是大學夜生活非常繁榮的地方，有非常多的 Bar 和
NightClub，有機會不妨體驗看看。韓國規定19歲成年人才可以喝酒。
因此酒吧和俱樂部通常會要求出示身分證件。

請問這附近有俱樂部嗎？
이 근처 클럽이 있습니까?
i　geun-cheo　keul-leo-pi　it-seum-ni-kka
Is there a club here?

請問演奏哪種類型的音樂呢？
어떤 장르의 음악이 연주되나요?
eo-tteon　jang-neu-ui　eum-a-gi　yeon-ju-doe-na-yo
What kind of music do they play?

請問門票多少錢呢？
입장료는 얼마입니까?
ip-jang-nyo-neun　eol-ma-im-ni-kka
How much is the admission?

大學路／대학로

大學路是以原首爾大學所在處為中心所形成的一條街道，30多個劇場
彙聚在這一帶，使韓國的藝術紮根於此。彙集著餐廳、速食店、搖滾酒
吧等年輕人喜歡的場所。有空不妨到這裡欣賞音樂話劇，看完話劇或現
場演出後可以在附近的咖啡館或酒家內享受快樂時光。

大學路有許多小劇場。
대학로에는 많은 소극장들이 있어요.
dae-hang-no-e-neun　ma-neun　so-geuk-jang-deu-ri　i-seo-yo
Daehangno jas many small theaters.

請問最近最受歡迎的表演是什麼呢？

지금 인기 있는 연극이 무엇인가요?
ji-geum　　in-gi　　in-neun　　yeon-geu-gi　　mu-eonn-in-ga-yo

What play is popular now?

哪裡的位置比較好呢？

어느쪽 자리가 더 좋은가요?
eo-neu-jjok　　ja-ri-ga　　deo　　jo-eun-ga-yo

Which seat is better?

入場時間是幾點？

개장 시간은 몇시입니까?
gae-jang　　si-gan-eun　　myeot-si-im-ni-kka

When can I get in?

COEX MALL ╱코엑스몰

 04-09

COEX MALL 內有購物區、飲食街、書店、唱片行、BANDI&LUNI'S書店、MEGABOX電影院、泡菜博物館，還有會議中心和展覽館。面積達36000多坪，由於規模實在太大，有時會有一種眼花撩亂不知該從何逛起的感覺。購物區銷售的大多是名牌服飾，如果想要買便宜又好看的衣服建議可以到梨大或明洞一帶。

COEX內還附設了COEX水族館，是全韓國最大規模的水族館，共有6000多種約4萬多尾海洋生物，遊客可沿著72公尺長的海底隧道觀看魚類悠閒嬉戲的畫面。

請給我一張門票。

티켓 한장 주세요.
ti-ket　　han-jang　　ju-se-yo

One ticket, please.

請問有餐廳嗎？
카페테리아는 있나요?
ka-pe-te-ri-a-neun　　　in-na-yo
Is there a cafeteria?

入口在哪裡？
입구는 어디예요?
ip-gu-neun　　　eo-di-ye-yo
Where's the entrance?

實用字彙

COEX水族館 코엑스 아쿠아리움 ko-eg-seu　　a-ku-a-li-um COEX Aquarium	韓國綜合貿易中心 COEX 한국종합무역센터 코엑스 han-gug-jong-hab-mu-yeog-sen-teo　　ko-eg-seu COEX

實用句型：_____ 在哪裡？

_____ 在哪裡？

_____ 은/는 어디예요?
eun / neun　　eo-di-ye-yo

Where is the _____ ?

【文法解析】
은/는 助詞。有收尾音者加은，無收尾音者加는。
어디예요？是詢問在哪裡。
地點은/는＋어디예요？

實用字彙

入口 입구 ip-gu enter	出口 출구 chul-gu exit	廁所 화장실 hwa-jang-sil toilet	紀念品店 기념품 가게 gin-yeom-pum　　ga-ge souvenir shop

遊樂園／놀이공원

 04-10

樂天世界：樂天世界由室內的探險世界和室外的魔幻島兩部分所組成。露天魔幻島上以眾多趣味無窮的遊樂設施及裝潢精美的背景建築為主，室內探險世界則在每天19:30～20:00間安排有世界狂歡遊行(World Carnival Parade)，尤其以21:30進行的雜技表演最為吸引人。

愛寶樂園：愛寶樂園位於京畿道龍仁市，佔地面積450多萬坪是一個包括動物園、遊樂山、雪橇場、植物園等的大型主題公園。愛寶樂園由三種主題公園的慶典世界（Festival World）、加勒比海灣、愛寶樂園賽車場(Speedway)組成。3月16日至6月10日舉行繽紛花季，晚上還可欣賞煙火秀。

請問門票多少錢呢？
입장료가 얼마입니까?
ip-jang-nyo-ga　　　eol-ma-im-ni-kka
How much is the admission?

請問遊行幾點開始？
퍼레이드는 몇 시부터입니까?
peo-re-i-deu-neun　　myeot　　si-bu-teo-im-ni-kka
What time does the parade start?

可以在哪裡看呢？
어디에서 볼 수 있나요?
eo-di-e-seo　　bol　su　　in-na-yo
Where can I see it?

今天開到幾點。
오늘은 몇 시까지 여나요?
o-neu-reun　myeot　si-kka-ji　　yeo-na-yo
What time does it close today?

我想要玩那個。
저는 그것을 타고 싶어요.
jeo-neun　geu-geo-seul　ta-go　　si-peo-yo
Where can I see it?

煙火從幾點開始？

불꽃놀이 몇시부터 시작하나요?
bul-kkoch-no-li　　myeoch-si-bu-teo　　si-jag-ha-na-yo

At what time does the firework start?

實用字彙

自由使用卷 자유이용권 ja-yu-i-yong-gwon free pass	夜間門票 야간입장권 ya-gan-ip-jang-gwon night pass	溜冰場 아이스링크 a-i-seu-ling-keu ice rink
樂天世界 롯데월드 los-de-wol-deu lotte world	愛寶樂園 에버랜드 e-beo-laen-deu everland	旋轉木馬 회전목마 hoe-jeon-mog-ma carousel
摩天輪 관 광 차 gwan-gwang-cha ferris wheel	海盜船 바이킹 bai-king corsair	碰碰車 범퍼카 beom-peo-ka bumpercar

實用句型：請給我 ＿＿＿ 張成人票，＿＿＿ 張兒童票。

請給我 ＿＿＿ 張成人票，＿＿＿ 張兒童票。

어른 ＿＿＿ 장, 아이 ＿＿＿ 장 주세요.
eo-leun　　　jang　a - i　　　jang　ju-se-yo

＿＿＿ adult(s), ＿＿＿ child(ren), please

【文法解析】
空格內的數字要放純韓文的數字한，두，세，네，다섯，여섯等。可套用
P18頁的純韓文數字列表。
～주세요有請給我的涵義。這個句型中也可以把句子拆開來變成어른＿＿＿장
주세요（請給我＿＿＿張成人票），或是아이＿＿＿장 주세요（請給我＿＿＿張兒童
票）。這樣也是完整的句子。

博物館・美術館／박물관 미술관 04-11

和愛寶樂園、樂天世界相比，首爾Land更加有親切的家庭氛圍。這裏有很多 小朋友準備的遊樂設施，各種主題小公園。另外，周圍還有首爾大公園和國立現代美術館等著名遊覽勝地，可以盡情一天。

你需要導覽嗎？
안내 가이드가 필요하세요?
an-nae　　ga-i-deu-ga　　　pi-lyo-ha-se-yo
Do you need a guide?

我可以租語音導覽嗎？
오디오 가이드를 빌려도 될까요?
o-d-io　　ga-i-deu-leu　　bil-lyeo-do　　doel-kka-yo
Can I rent a foreign language guide?

麻煩你說明一下。
설 명 좀 부탁드립니다.
seol-myeong　jom　　bu-tag-deu-lib-ni-da
Please explain a bit.

這是誰的作品？
이거 누구 작품입니까?
i-geo　　nu-gu　　jag-pum-ib-ni-kka
Who is the creator?

請問是從這裡排隊入場嗎？
여기서 줄을 서서 입장합니까?
yeo-gi-seo　　jul-eul　　seo-seo　　ib-jang-hab-ni-kka
Excuse me, is this the correct line to get in?

實用字彙

泰迪熊博物館 테디베어박물관 te-di-be-eo-bang-mul-gwan Teddy Bear Museum	國立現代美術館（果川館） 국립현대미술관（과천관） gug-lib-hyeon-dae-mi-sul-gwan　gwacheongwan The National Museum of Contemporary Art (Museum Gwacheon)
國立古宮博物館 국립고궁박물관 gug-lib-go-gung-bag-mul-gwan National Palace Museum of Korea	國立中央博物館 국립중앙박물관 gug-lib-jung-ang-bag-mul-gwan National Museum of Korea
國立民俗博物館 국립민속박물관 gung-nim-min-sok-bang-mul-gwan National Folk Museum of Korea	泡菜博物館 김치박물관 gim-chi-bang-mul-gwan Gimchi Museum

韓國民俗村／한국민속촌

 04-12

來民俗村可以看到韓國傳統的活動。

민속촌에 오면 한국 전통의 놀이행사를 볼 수 있어요.
min-sok-chone　o-myeon　han-guk　jeon-tong-ui　no-ri-haeng-sa-reul　bol　su　i-seo-yo

At the folk village one can see Korean taditional activities.

民俗村好玩嗎？

민속촌 구경 재미있었어요?
min-sok-chon　gu-gyeong　jae-mi-i-seo-seo-yo

Did you have fun visiting the folk village?

板門店／판문점

 04-13

韓國是目前世界上唯一的分裂國家。依據1950年6.25戰爭的停戰協定，韓半島南北停戰線2公里以內被設為DMZ地帶（非武裝地帶demilitarized zone）。板門店是停戰線上距離北韓最近的地方，又稱為共同警備區域（JUS, Joint Security Area）。緊張與和平共存的DMZ是冷戰時期的遺留物，越來越引起人們的高度關注，也逐漸受到希望瞭解韓國南北分裂現狀的遊客的喜愛。目前只有持護照的外國人可通過指定旅行社參觀。

有去DMZ的旅遊嗎？
DMZ보러 가는 투어 있어요?
DMZ　bo-reo　ga-neun　tu-eo　i-seo-yo
Are there any tours to the DMZ?

行程有含午餐嗎？
점심식사 포함인가요？
jeom-sim-sik-sa　po-ham-in-ga-yo
Is lunch included ?

需要先付款嗎？
요금은 미리 내야 하나요？
yo-geum-eun　mi-ri　nae-ya　ha-na-yo
Should I pay in advance ?

可以在這裡照相嗎？
여기에서 사진을 찍어도 되나요?
yeo-gi-e-seo　sa-jin-eul　jjig-eo-do　doe-na-yo
May I take pictures here?

春川／춘천

 04-14

冬季戀歌拍攝地點－春川，劇中的主角們在春川長大，該劇的大部分場景都取景於此地，南怡島是取景最多的地點之一。是韓劇迷不可錯過的熱門景點。

這個地區的特產是什麼呢？
이 지역의 특산품은 무엇인가요?
i　ji-yeog-ui　　teuk-san-pum-eun　　mu-eonn-in-ga-yo
What are the specialty products of this area?

聽說春川辣炒雞排很好吃。
춘천닭갈비가 맛있대요.
chun-cheon-dak-gal-bi-ga　　ma-sit-dae-yo
I've heard that the Dakgalbi from Chuncheon tastes really good.

春川常用字彙

春川國際啞劇節 춘천국제마임축제 chun-cheon-gug-je-ma-im-chug-je Chuncheon International Mime Festival	朝陽湖 소양호 so-yang-ho Soyang lake
辣炒雞排 닭갈비 dalg-gal-bi spicy grilled chicken	蕎麥麵 막국수 mag-gug-su buckwheat noodles

慶州／경주

 04-15

慶州歷史城區，擁有最集中的韓國佛教藝術，包含雕刻、浮雕、佛像以及於西元七至九世紀的繁盛時期所遺留下來的廟宇及宮殿遺跡，是認識及研究韓國民族文化最好的地方。

慶州是新羅的古都，有很多值得一看的地方。
경주는 신라의 수도인데 볼 만한 것이 많아요.
gyeong-ju-neun　sil-la-ui　　su-do-in-de　bol　man-han　geo-si　ma-na-yo
Gyeongju was the capital city of Silla. There are many things worth seeing.

慶州以什麼聞名？
경주는 뭐가 유명합니까?
gyeong-ju-neun mwo-ga yum-myuong-ham-ni-kka
What is famous in Gyeongju ?

海邊／바닷가

 04-16

可以在這裡游泳嗎
여기서 수영할 수 있나요?
yeo-gi-seo su-yeong-hal su iss-na-yo
Can we swim here?

什麼時候漲潮？
밀물 언제예요?
mil-mul eon-je-ye-yo
When is the high tide?

有沖澡的設備嗎？
샤워 시설이 있나요?
sya-wo si-seol-i iss-na-yo
Are there showers ?

水有多深？
물이 얼마나 깊어요?
mul-i eol-ma-na gip-eo-yo
How deep is the water?

濟州島／제주도

  04-17

濟州島是韓國人的蜜月旅行聖地，有韓國夏威夷之稱，以風多、石頭多、女人多「三多」而聞名。知名韓劇也多在此取景。目前台灣有從台北直飛濟州島的班機，交通非常方便。

第一次來濟州島嗎？

제주도는 처음이세요?
je-ju-do-neun　　cheo-eum-i-se-yo

Is this your first time to visit Jeju Island ?

濟州島真是個美麗的島嶼。

제주도는 정말 아름다운 섬이에요.
je-ju-do-neun　　jeong-mal　　a-reum-da-un　　seom-i-e-yo

Jeju Island is really beautiful.

釜山觀光實用字彙

豬肉湯飯 돼지국밥 dwae-ji-gug-bab pork soup	海雲台 해운대 hae-un-tae Haeundae	光復路購物街 광복로쇼핑거리 gwang-bog-lo-syo-ping-geo-li Gwangbok Street shopping street
札嘎其市場 자갈치시장 a-gal-chi-si-jang Jagalchi Market	龍頭山 용두산 yong-du-san Yongdusan Mountain	四十階文化觀光主題街 40계단문화관광테마거리 sa-sib-gye-dan-mun-hwa-gwan-gwang-te-ma-geo-li 40 stairs Cultural Tourism Theme Street
白山紀念館 백산기념관 baeg-san-gi-nyeom-gwan Baishan Memorial	中央公園 중앙공원 jung-ang-gong-won Central Park	釜山近代歷史館 부산근대역사관 bu-san-geun-dae-yeog-sa-gwan Busan Modern History Museum

三溫暖・汗蒸幕／찜질밤・한증막

 04-18

傳統韓式三溫暖，汗蒸幕指的是以石頭堆起的一個窟，溫度可達90度，可藉由高溫將汗水及體內的毒素大量排出。裡面的餐廳、網咖、健身房、KTV、按摩等一應俱全，在裡面待上一整天也不覺得無聊。韓國的三溫暖還有獨特的搓澡服務，只要支付一定的費用，就可請大嬸替你把全身的角質清理乾淨。

我想去汗蒸幕。請推薦一家專門店。

한증막에 가고 싶은데요. 전문점을 추전해 주세요.

han-jeung-ma-ge　ga-go　si-peun-de-yo　Jeon-mun-jeom-eul　chu-jeon-hae　ju-se-yo

I'd like to go to a Haniungmak sauna. Which place do you recommend ?

請問在哪裡換衣服？

어디서 옷을 갈아입을 수 있나요?

eo-di-seo　o-seul　ga-ra-i-beul　su　in-na-yo

Where can I change my clothes?

我要搓澡

때밀이 해주세요.

ttae-mi-li　hae-ju-se-yo

I want to have a scrubbing.

（搓澡）請搓輕一點？

살살 밀어 주세요

sal-sal　mi-leo　ju-se-yo

Not so strong.

（按摩）請按用力一點

더 세게 눌러 주세요.

deo　se-ge　nul-leo　ju-se-yo

Please press a bit harder.

很舒服
아주 시원해요.
a-ju　　si-won-hae-yo
Very comfortable.

好痛喔
아파요.
a-pa-yo
It's hurt.

我想吃烤雞蛋和甜米露
구운계란하고 식혜를 먹어 싶어요.
gu-un-gye-lan-ha-go　　sig-hye-leul　meo-geo　sip-eo-yo
I want to eat the baked eggs and Sikhye.

常用字彙

雞蛋 계란 gye-lan egg	甜米露 식혜 sig-hye sweet rice drink	搓澡 때밀이 ttae-mi-li scrubbing	全身按摩 전신 맛사지 jeon-sin　ma-sa-ji body massage
芳香按摩 아로마 맛사지 a-lo-ma　ma-sa-ji aromatherapy massage	韓方按摩 한방맛사지 han-bang-ma-sa-ji oriental massage	油壓 오일 맛사지 oil　ma-sa-ji oil massage	腳底按摩 발맛사지 bal-ma-sa-ji foot massage
大眾三溫暖 대중사우나 dae-jung-sa-u-na public sauna	鹽窯房 소금찜질방 so-geum-jjim-jil-bang salt sauna	土窯房 토굴방 to-gul-bang crypt room	玉汗蒸幕 옥 한증막 og　han-jeung-mag jade steam

賞櫻／벚꽃

 04-19

汝矣島的櫻花很漂亮。

여의도의 벚꽃이 참 아름답습니다.
yeo-ui-do-ui beot-kko-chi cham a-reum-dap-seum-ni-da

The cherry blossoms are really beautiful in Youido.

鎮海以櫻花聞名。

진해는 벚꽃으로 유명합니다.
jin-hae-neun beot-kko-cheu-ro yu-myeong-ham-ni-da

Jin-Hae is well known for its cherry blossoms.

在韓國，櫻花盛開象徵著春天來了。

한국에서 벚꽃이 피면 봄이 시작된다는 신호입니다.
han-gu-ge-seo beot-kko-chi pi-myeon bo-mi si-jak-doen-da-neun sin-ho-im-ni-da

In Korea the arrival of the cherry blossom announces the beginning of spring.

賞楓／단풍

 04-20

楓葉變紅了。

단풍 나무가 단풍이 잘 들었어요
dan-pung na-mu-ga dan-pung-i jal deu-reo-seo-yo

The maple leaves have turned red.

要去哪裡看楓葉呢？

단풍을 보려면 어디로 가는게 좋아요?
dan-pung-eul bo-ryeo-myeon eo-di-ro ga-neun-ge jo-a-yo

Where should I go to see autumn foliage ?

聽說江原道的風景很漂亮。

강원도의 풍경이 아름답다고 들었어요.
gang-won-do-ui pung-gyeong-i a-reum-dap-da-go deu-reo-seo-yo

I've heard that the scenery in Gangwondo is really beautiful.

Column ④ 最佳賞櫻&賞楓景點

《賞櫻景點》

輪中路櫻花隧道	5.7公里長的輪中路櫻花隧道位於汝矣島，有1400多棵樹齡30-40年的大櫻花樹。
鎮海櫻花隧道	鎮海有22萬多棵櫻花樹，一到春天就成了櫻花的海洋，最著名的是安民路、海軍基地司令部、帝皇山公園。

《賞楓景點》

雪嶽山 (설악산)	雪嶽山位於首爾北方車程約5小時處，是海拔1,708公尺高的自然公園，是到韓國賞楓的經典首選。雪嶽山的紅楓也是韓半島賞楓的指標，一旦雪嶽山楓葉轉紅，宣示著韓國正式進入紅楓季。
智異山 (지리산)	從10月中旬至10月下旬，是智異山最佳的賞楓期，又以稗牙谷與蛇谷的楓葉最為美麗，而稗牙谷楓紅更是智異山的十大美景之一，是最具代表性的秋景，每年最燦爛的楓紅期，稗牙谷還會舉辦賞楓慶典，活動內容包括紅楓道漫步大會、民俗公演和楓葉攝影大賽等，相當熱鬧。
內藏山 (내장산)	內藏山是南韓半島著名的八景之一，每年十月下旬，整座內藏山的遍山紅葉，總是吸引數以百萬計的遊客前來賞楓。內藏山最主要的遊覽路線是以園內具千年歷史的內藏寺和白羊寺為中心。
五臺山 (오대산)	五臺山位於韓國北方的江原道，也以秋楓景致聞名，由於緯度較高，其楓紅季和雪嶽山相近，是兩處著名的早楓景點。五臺山最佳的賞楓期從十月中旬開始，從五臺山頂向下眺望，山稜滿是紅葉，相當壯觀。

滑雪/스키

 04-21

有風景美麗的滑雪場嗎？

경치 좋은 스키장 있나요?

gyeong-chi   jo-eun   seu-ki-jang   in-na-yo

Are there any good skiing areas with a beautiful view?

纜車在哪裡？

리프트는 어디에 있어요?

ri-peu-teu-neun   eo-di-e   i-seo-yo

Where is the lift?

滑雪場幾點關門？

스키장은 몇시에 답습니까?

seu-ki-jang-eun   myeot-si-e   dap-seum-ni-kka

When does the ski slope close?

可以在哪裡租滑雪裝備呢？

스키장비는 어디서 빌릴 수 있습니까?

seu-ki-jang-bi-neun   eo-di-seo   bi-llil   su   iss-seub-ni-kka

Where can I rent ski skiing gear?

可以借多久？

얼마동안 빌릴 수 있습니까?

eol-ma-dong-an   bi-llil   su   iss-seub-ni-kka

How long can I rent it?

我想學滑雪。

저는 스키를 배우고 싶어요.

jeo-neun   seu-ki-leul   bae-u-go   sip-eo-yo

I want to learn how to ski.

常用字彙

滑雪板 **스노우보드** seu-no-u-bo-deu ski stick	滑雪服 **스키복** seu-ki-bok ski suit	靴子 **부츠** bu-cheu boots
手套 **장갑** jang-gap gloves	登山纜車 **리프트** ri-peu-teu funicular	滑雪杖 **폴** pul ski pole
滑雪鏡 **고골** go-geul ski goggles	初級滑雪道 **초급코스** cho-geup-ko-seu introductory courses	租借 **대여** dae-yeo rent

05 飲食

Dinging

韓國的外食文化雖然很興盛，但是早餐的選擇性卻不像台灣這麼豐富，大部分的韓國人早餐習慣在家裡吃飯配泡菜，因此早餐除了便利商店和麵包店的三明治、飯團、甜麵包、韓式壽司、水餃、烏龍麵等，就沒有其他的選擇。

基本用語／기본용어

 05-01

韓國是個非常講究禮數的國家，到韓國做客時，最好能先學會這些重要句子。

我要開動了。（吃飯前説）
잘 먹겠습니다.
jal   meog-get-seum-ni-da
bon appetit（Thanks for the meal.）

謝謝招待。（客人對主人説）
잘 먹었습니다.
jal   meog-eot-seum-ni-da
Thank you for a good meal.

請多吃一點。（主人對客人説）
많이 드세요.
ma-ni   deu-se-yo
Please eat a lot.

請慢用。（中途離席時）
천천히 드세요.
cheon-cheon-hi   deu-se-yo
Enjoy your meal.

肚子很餓。
배 고파요.
bae   go-pa-yo
I am hungry.

肚子很飽。
배 불러요.
bae   bul-leo-yo
I am full.

吃得很飽了。
맛있게 잘 먹었어요.
mas-iss-ge　jal　meo-geo-seo-yo
I really enjoyed the meal.

真的好好吃喔！
정말 맛있어요.
jeong-mal　ma-si-seo-yo
It's so delicious.

肉好軟喔！
고기가 참 부드러워요.
go-gi-ga　cham　bu-deu-reo-wo-yo
This meat is very tender.

實用字彙

辣 **매워요** mae-wo-yo spicy	鹹 **짜요** jja-yo salty	清淡 **담백해요** Dam-baeg-hae-yo light	油膩 **느끼해요** neu-kki-hae-yo greasy
苦 **써요** Sseo-yo bitter	酸 **시어요** si-eo-yo sour	甜 **달아요** Da-la-yo sweet	還可以 **먹을 만해요** Meo-geul　man-hae-yo Not half bad.
味道很奇怪 **맛이 이상해요** Ma-si　i-sang-hae-yo It tastes strange.	好吃 **맛있어요** Ma-si-sseo-yo delicious	不好吃 **맛없어요** Mas-eop-seo-yo unpalatable	清爽 **시원해요** si-won-hae-yo fresh and cool
炸 **튀김** twi-gim fired	烤 **구이** gu-i baked	炒 **볶음** bokk-eum stir-fly	蒸 **찜** jjim steam

預約位子／예약하기

 05-02

我想預約今天晚上六點。

오늘 밤 여섯시로 예약을 하고 싶은데요.
o-neul　bam　yeo-seot-si-ro　ye-yag-eul　ha-go　sip-eun-de-yo

I'd like to reserve a table tonight at six.

我想預約五個人的位置。

저는 다섯 명 테이블을 예약하고 싶어요.
jeo-neun　da-seos-myeong　te-i-beul-eul　ye-yag-ha-go　sip-eo-yo

Please reserve a table for five.

請問幾位？

몇 분이세요?
myeot　bun-i-se-yo

How many people?

五位。

다섯 명이에요.
da-seot　myeong-i-e-yo

five people.

我們有三個人，有位置嗎？

세명인데, 자리가 있어요?
se-myeong-in-de　ja-li-ga　i-sseo-yo

Do you have a table for three?

有嬰兒座椅嗎？

유아용 식탁의자 있습니까?
yu-a-yong　sig-tag-ui-ja　is-sseub-ni-kka

Do you have a baby chair?

行李該放哪裡呢？

짐 어디에 보관할 수 있습니까?
jim　eo-di-e　bo-gwan-hal　su-iss-seub-ni-kka

Where should I put the luggage?

點菜／주문

🎧 05-03

這裡。（叫服務員過來）
여기요.
yeo-gi-yo
Please come here.

請給我菜單。
메뉴 좀 보여 주세요.
me-nyu jom bo-yeo ju-se-yo
May I have a menu?

有中文菜單嗎？
중국어 메뉴가 있나요？
jung-gu-geo me-nyu-ga in-na-yo
Do you have Chinese menu?

抱歉，可以給我英文菜單嗎？
죄송한데 영어메뉴 좀 주시겠어요？
joe-song-han-de yeong-eo-me-nyu jom ju-si-ge-seo-yo
Excuse me, please give me English menu.

請給我兩人份。
이인분 주세요.
i-in-bun ju-se-yo
2 servings, please.

再加點一人份。
일인분 추가요.
il-in-bun chu-ga-yo
Please give me one more serving.

有推薦的菜嗎？
추천할만한 요리가 있어요？
chu-cheon-hal-man-han yo-li-ga is-seo-yo
Can you recommend any dish?

請不要加辣椒醬。

고추장은 넣지 마세요.
go-chu-jang-eul　　neo-chi　ma-se-yo

Don't put the red pepper paste.

請再給我一些泡菜。

김치 좀 더 주세요.
gim-chi　jom　deo　ju-se-yo

May I have some more kimchi?

請幫我做不辣的。

맵지 않게 해주세요.
maeb-ji　an-ge　　hae-ju-se-yo

Please make sure that this dish is not spicy.

實用句型：請給我 ＿＿＿＿ 。
 05-04

請給我 ＿＿＿＿＿ 。

＿＿＿＿＿ 주세요.
ju-se-yo

＿＿＿＿＿ , please.

【文法解析】

주세요是一個非常好用的句子，點菜的時候，買東西的時候，只要先説出自己想要的餐點或是要買的東西，再加上주세요即可。有請給我的意義。

食物／物品／副詞 ＋주세요

副詞

很多 많이 ma-ni many	一點點 조금 jo-geum a little	快一點 빨리 ppal-li hurry up	再多一點 더 deo some more

實用句型：請不要放 ＿＿＿＿＿＿ 。／請幫我拿掉 ＿＿＿＿＿＿ 。

請不要放 ＿＿＿＿＿＿ 。／請幫我拿掉 ＿＿＿＿＿＿ 。

＿＿＿＿＿＿ 은/는 넣지 마세요.＿＿＿＿＿＿ 을/를 빼 주세요.
eul neun neo-chi ma-se-yo　　　　　　eul leul ppae ju-se-yo

Don't put ＿＿＿＿＿＿ .

實用字彙

辣椒醬 고추장 go-chu-jang red pepper paste	芝麻油 참기름 cham-gi-reum sesame oil	胡椒粉 후춧가루 hu-chut-ga-ru pepper	辣椒粉 고춧가루 go-chut-ga-ru red pepper
鹽 소금 so-geum salt	醋 식초 sik-cho vinegar	韓式味噌醬 된장 doen-jang bean paste	美奶滋 마요네즈 ma-yo-ne-jeu mayonnaise
糖 설탕 seol-tang suger	醬油 간장 gan-jang soy sauce	蒜頭 마늘 ma-neul garlic	番茄醬 케찹 ke-chap ketchup

實用句型：我對 ＿＿＿＿＿＿ 過敏。

我對 ＿＿＿＿＿＿ 過敏。

저는 ＿＿＿＿＿＿ 알레르기가 있습니다.
jeo-neun　　　　　　al-le-leu-gi-ga iss-seub-ni-da

I'm allergic against ＿＿＿＿＿＿ .

實用字彙

草莓 딸기 ttal-gi strawberry	花生 땅콩 ttang-kong peanut	堅果類 견과류 gyeon-gwa-lyu nuts	海鮮 해산물 hae-san-mul seafood

實用句型：點菜時經常用주세요這個句型

  05-05

請給我 _____ 和 _____ 。

_____ 하고 _____ 주세요.
　　　　　ha-go　　　　　ju-se-yo

Please give me _____ and _____ .

食物

三明治 샌드위치 saen-deu-wi-chi sandwich	紅豆麵包 팥빵 pat-ppang anpan	韓式壽司 김밥 gim-bap sushi rolls	三角飯團 삼각김밥 sam-gak-gim-bap onigiri

實用句型：請給我 _____ 人份。

請給我 _____ 人份。

_____ 인분 주세요.
　　　　in-bun　ju-se-yo

_____ servings, please.

漢字音數字列表

1	일 il	6	육 yuk
2	이 i	7	칠 chil
3	삼 sam	8	팔 pal
4	사 sa	9	구 gu
5	오 o	10	십 sip

05-06

人參雞
삼계탕
sam-gye-tang

hot pot with chicken and ginseng

章魚火鍋
낙지전골
nak-ji-jeon-gol

octopus and vegetable casserole

年糕餃子湯
떡만두국
tteong-man-du-guk

rice cake & dumpling soup

清燉牛骨湯
설렁탕
seol-leong-tang

ox bone stew and rice

味噌鍋
된장찌개
doen-jang-jji-gae

bean paste hot pot

豆腐鍋
순두부찌개
sun-du-bu-jji-gae

hot pot with topu

泡菜鍋
김치찌개
gim-chi-jji-gae

hot pot with kimchi

部隊鍋
부대찌개
bu-dae-jji-gae

army squad stew

餃子湯
만두국
man-du-guk

dumpling soup

蘑菇火鍋
버섯전골
beo-seot-jeon-gol

mushroom casserole

馬鈴薯豬骨鍋
감자탕
gam-ja-tang

potato and pork stew

海鮮鍋
해물탕
hae-mul-tang

seafood hotpot

辣魚湯
매운탕
mae-un-tang

spicy fish soup

排骨湯
갈비탕
gal-bi-tang

beef rib stew

神仙爐
신선로
sin-seon-no

Korean casserole

辣牛肉湯
육개장
yuk-gae-jang

spicy beef soup

點菜

基本單字

溝通

交通

觀光

飲食

購物

住宿

意外事故

燒烤類料理

豬肉 돼지고기 dwae-ji-go-gi pork	牛肉 소고기 so-go-gi beef	烤牛肉 불고기 bul-go-gi grilled beef
雞排 닭갈비 dak-gal-bi chicken ribs	醃排骨 양념갈비 yang-nyeom-gal-bi marinated BBQ ribs	五花肉 삼겹살 sam-gyeop-sal sliced pork belly
豬排 돼지갈비 dwae-ji-gal-bi grilled pork rib	牛里肌肉 소고기등심 so-go-gi-deung-sim beef sirloin	烤鰻魚 장어구이 jang-eo-gu-i grilled spicy eel

麵飯類料理

 05-07

石鍋拌飯 돌솥비빔밥 dol-sot-bi-bim-bap bibimbap with a heat stone bowl	豬肉蓋飯 제육덮밥 je-yuk-deop-bap rice topped with spicy pork	
麵疙瘩湯 수제비 su-je-bi soup with dough flakes	泡麵辣炒年糕 라볶이 ra-bo-kki spicy rice cakes and noodle	
炸醬麵 짜장면 jja-jang-myeon noodle with black bean sauce	蛋包飯 오무라이스 o-mu-ra-i-seu omelet filled with fried rice	炒冬粉 잡채 jap-chae glass noodle stir fry

生魚片拌飯 **회 덮밥** hoe-deop-bap rice topped with raw fish	刀切麵 **칼국수** kal-guk-su hand-rolled noodles	烏龍麵 **우동** u-dong woodong noodle
冷麵 **냉 면** naeng-myeon cold noodle	義大利麵 **스파게티** seu-pa-ge-ti spaghetti	義大利麵 **스파게티** seu-pa-ge-ti spaghetti
泡菜煎餅 **김치전** gim-chi-jeon kimchi pancake	辣拌冷麵 **쫄 면** jjolmyeon chewy cold noodles	拌飯 **비빔밥** bi-bim-bap bibimbap
握壽司 **초밥** chobap sushi	韓式壽司 **김밥** gim-bap rice roll	炒飯 **볶음밥** bokk-eum-bap fried rice
咖哩飯 **카레라이스** ka-le-lai-seu curry with rice	粥 **죽** juk poridge	白飯 **공기밥** gong-gibab rice
泡麵 **라면** ra-myeon instant noodle	韓式烤肉飯 **불고기밥** bul-go-gi-bab Korean barbecue rice	水餃 **만두** man-du dumpling
糖醋肉 **탕수육** tang-su-yuk sweet and sour pork	炸豬排 **돈까스** don-kka-seu pork cutlet	牛排 **스테이크** seu-te-i-keu steak

餐具／식기

  05-08

我已經點菜了，可是還沒送來。

여기요. 제가 주문했는데 음식이 아직 안 나와요.
yeo-gi-yo　je-geo　ju-mun-hae-neun-de　eum-sig-i　a-jig　an　na-wa-yo

I've already ordered a long while ago, but I'm still waiting.

我沒點這道菜。

이 음식을 주문하지 않았어요.
i　eum-sig-eul　ju-mun-ha-ji　an-na-sseo-yo

I haven't ordered this dish.

我的湯匙掉到地上了，請給我新的湯匙。

숟가락을 바닥에 떨어뜨렸어요. 새 걸로 주세요.
sut-ga-rag-eul　ba-da-ge　tteo-reo-tteu-ryeo-seo-yo　sae　geol-lo　ju-se-yo

I drop my spoon. Please exchange it for a new one.

請給我筷子。

젓가락 주시겠어요?
jeot-ga-rak　ju-si-ge-seo-yo

Chopsticks, please.

請再給我一個杯子。

컵 하나 더 주세요.
keop　ha-na　deo　ju-se-yo

One more cup, please.

實用字彙

湯匙 **숟가락** sut-ga-rak spoon	筷子 **젓가락** jeot-ga-rak chopsticks	叉子 **포크** po-keu fork	刀子 **나이프** na-i-peu knife
杯子 **컵** keop cup	盤子 **접시** jeop-si plate	吸管 **빨대** ppal-dae straw	碗 **그릇** geu-reut bowl

點甜點／디저트

 05-09

有什麼蛋糕呢？

어떤 케이크가 있나요?

eo-tteon　　ke-i-keu-ga　　in-na-yo

What kind of cakes do you have?

你想吃什麼甜點？

디저트는 무엇을 드시겠습니까?

di-jeo-teu-neun　　mu-eo-seul　　deu-si-get-seum-ni-kka

What would you like for dessert ?

請給我一樣的。

같은 걸로 주세요.

gat-eun　geol-lo　ju-se-yo

I'll have the same, please.

實用字彙

蛋糕 케이크 ke-i-keu cake	冰淇淋 아이스크림 a-i-seu-keu-rim Ice cream	地瓜蛋糕 고구마케이크 go-gu-ma-ke-i-keu sweet potato cake	蜂巢冰淇淋 허니칩스 아이스크림 heo-ni-chib-seu　a-i-seu-keu-lim honey chips ice cream
鬆餅 와플 wa-peul waffle	起司蛋糕 치즈케이크 chi-jeu-ke-i-keu cheese cake	韓菓 한과 han-gwa Korea cookies	鬆糕（中秋節食用） 송 편 song-pyeon song pyun
甜甜圈 도넛 do-neot donut	馬卡龍 마카롱 ma-ka-long macarons	韓式年糕 떡 tteok Korea rice cake	紅豆刨冰 팥빙수 pat-bing-su Ice shavings with red beans

點飲料／음료수

 05-10

在仁寺洞和有許多傳統茶坊，採買韓國傳統物品時，可以在充滿韓國風情的地方喝到傳統茶。

請問你們有什麼飲料？
음료수는 어떤 것이 있나요?
eum-nyo-su-neun eo-tteon geo-si i-nna-yo

What kind of drinks do you have?

咖啡請幫我隨餐一起出。
커피는 요리와 함께 내 주세요.
keo-pi-neun yo-ri-wa ham-kke nae ju-se-yo

Please bring the coffee together with the dish.

你想再喝一杯咖啡嗎？
커피 한 잔 더 하실래요?
keo-pi han jan deo ha-sil-lae-yo

Would you like another coffee?

請給我黑咖啡。
블랙으로 주십시오.
beul-laeg-eu-ro ju-sip-si-o

Black, please.

請幫我加糖和奶精。
크림과 설탕을 넣어 주세요.
keu-rim-gwa seol-tang-eul leo-eo ju-se-yo

With sugar and cream, please

咖啡可以續杯。
커피 무료 리필 가능 합니다.
keo-pi mu-lyo li-pil ga-neung hab-ni-da

You can refill your coffee.

傳統茶類

 05-11

紅棗茶 **대추차** dae-chu-cha jujube tea	人參茶 **인삼차** in-sam-cha jinsang tea	柚子茶 **유자차** yu-ja-cha citron tea	綠茶 **녹차** nok-cha green tea
生薑茶 **생 강 차** saeng-gang-cha ginger tea	木瓜茶 **모과차** mo-gwa-cha quince tea	雙和茶 **쌍 화 차** ssang-hwa-cha ssanghwa tea	麥茶 **보리차** bo-ri-cha roasted barley tea
薏苡茶 **율무차** yul-mu-cha job's tears tea	五味子茶 **오미자차** O-mi-ja-cha tea of omija	水正果 **수정과** Su-jeong-gwa dried persimmon punch	葛茶 **칡차** chik-cha kudzu root tea
甜糯米湯 **식혜** Sik-hye live octopus	梅子茶 **매실차** mae-sil-cha plum tea	玄米茶 **현미차** hyeon-mi-cha roasted brown rice tea	蜜茶 **꿀차** kkul-cha honey water

咖啡、飲料

原豆咖啡 **원두커피** won-du-keo-pi coffee	美式咖啡 **카페 아메리카노** ka-pe　a-me-li-ka-no American coffee	卡布奇諾 **카푸치노** ka-pu-chi-no cappuccino	拿鐵 **라테** ra-te latte
歐蕾 **카페오레** ka-pe-o-re cafe au lait	義大利濃縮咖啡 **에스프레소** e-seu-peu-re-so espresso	紅茶 **홍차** hong-cha black tea	蘋果汁 **사과주스** sa-gwa-ju-seu apple juice

點酒／음주

 05-12

請給我酒單。

와인 리스트를 보여 주십시오
wa-in li-seu-teu-reul bo-yeo ju-sip-si-o

Please show me the wine list.

我想喝葡萄酒。

전 와인 마실래요.
jeon wa-in ma-sil-lae-yo

I'd like to drink wine.

要不要再喝一杯？

한잔 더 하실래요?
han-jan deo ha-sil-lae-yo

Would you like another cup of drink?

我不太會喝酒。

전 술 잘 못해요.
jeon sul jal mot-ae-yo

I'm not much of a drinker.

乾杯（一飲而盡）。

원샷.
won-syat

Bottom up！

酒類

燒酒 소주 so-ju soju	啤酒 맥주 maek-ju beer	生啤酒 생맥주 saeng-maek-ju draft beer

小米酒（馬格利酒） 막걸리 mak-geol-li raw rice wine	威士忌 위스키 wi-seu-ki whisky	東東酒 동동주 dong-dong-ju rice wine
葡萄酒 와인（포도주） wa-in　　po-do-ju wine	百歲酒 백세주 baek-se-ju one-hundred-years wine	檸檬燒酒 레몬소주 le-mon-so-ju lemon soju

下酒菜

蔥煎餅 파전 pajeon green onion and seafood pancake	馬鈴薯煎餅 감자전 gam-ja-jeon potato pancake	水果 과일 gwa-il fruit
豆腐泡菜 두부김치 du-bu-gim-chi stir-fried tofu with kimchi	炸薯條 감자튀김 gam-ja-twi-gim fried potato	海螺 골뱅이 gol-baeng-i spicy bai top shells
下酒菜 마른 안주 ma-reun　　an-ju assorted dry snacks	烤魷魚 오징어 구이 o-jing-eo　　gu-i grilled squid	海鮮煎餅 해물파전 hae-mul-pa-jeon seafood pancake

速食店／패스트푸드

 05-13

請給我一個漢堡和沙拉。
햄버거 하나와 샐러드 주세요.
haem-beo-geo　ha-na-wa　sael-leo-deu　ju-se-yo
Please give me a hamburger and salad.

內用。

여기서 먹어요.

yeo-gi-seo　　meog-eo-yo

For here, please.

外帶。

가지고 갈래요.

ga-ji-go　　gal-lae-yo

To go, please.

請給我二號餐。

이번 세트로 주세요.

i-beon　　se-teu-ro　　ju-se-yo

Set number two, please

常用詞彙

漢堡 햄버거 haem-beo-geo hamburger	雞肉堡套餐 치킨버거세트 chi-kin-beo-geo-se-teu chicken burger set	炸薯條 후렌치 후라이 hu-ren-chi　　hu-ra-i french fries
牛肉堡套餐 불고기버거세트 bul-go-gi-beo-geo-se-teu beef burger set	起司漢堡 치즈버거 chi-jeu-beo-geo cheese burger	情侶套餐 커플메뉴 keo-peul-me-nyu couple menu
沙拉 샐러드 sael-leo-deu salad	聖代 선데이 seon-de-i sundaes	美乃滋 마요네즈 ma-yo-ne-jeu mayonnaise

番茄醬 케첩 ke-cheob ketchup	胡椒鹽 후추소금 hu-chu-so-geum salt and pepper	沙拉醬 샐러드드레싱 sael-leo-deu-deu-le-sing salad dressing

連鎖店

麥當勞 맥도날드 maek-do-nal-deu MacDonald	漢堡王 버커킹 beo-keo-king Burger King
Lotteria 롯데리아 rot-de-ri-a Lotteria	POPEYES 파파이스 pa-pa-i-seu POPEYES

街頭小吃／길거리 음식

  05-14

今天晚上吃炸雞啤酒吧！
오늘밤 치맥하자 !
on-eul-bam   chi-maeg-ha-ja
Let's enjoy fried chicken and beer tonight!

請幫我打包。
포장해 주세요.
po-jang-hae   ju-se-yo
Please pack it for me.

今天我請客！

오늘 내가 사줄께요! / 제가 한턱낼게요.

on-eul　nae-ga　sa-jul-kke-yo　/　je-ga　han-teog-nael-ge-yo

Today it is my treat.

好啊！走吧！

콜！가자!

kol　ga-ja

Let's go!

常用詞彙

辣炒年糕 **떡볶이** tteok-bo-kki spicy rice cakes	黑輪 **오뎅** o-deng fish-cake
血腸 **순대** su-dae Korean sausage	烤栗子 **군밤** gun-bam roasted chestnut
糖餅 **호떡** ho-tteok fried pancakes	鯛魚燒 **붕어빵** bung-eo-ppang goldfish-bread
烤魷魚 **오징어구이** o-jing-eo-gu-i broiled dried squid	烤雞肉串 **닭꼬치** dak-kko-chi BBQ chicken

結帳／계산하기

05-15

請幫我結帳
저기요. 계산해 주세요.
jeogiyo   gyesanhae   juseyo
Can I have the bill, please.

請給我帳單。
계산서 좀 주세요.
gyesanseo   jom   juseyo
The bill, please.

我們各付各的。
따로 따로 내자.
ttalo   ttalo   naeja
We pay separately.

請幫我們分開結帳。
따로 따로 계산해 주세요.
ttalo   ttalo   gyesanhae   juseyo
We want to pay our bills separately.

謝謝你的招待。
잘 먹었습니다.
jal   meog-eossseubnid
Thank you for your hospitality.

Column ⑤ 菜單大解析！

傳統的小吃店和路邊攤幾乎都沒有英文或中文菜單，特別收錄了韓國連鎖店「壽司天國」的菜單對照表，下次去韓國吃飯時，再也不用擔心了。

韓式壽司類 김밥	泡麵 라면
야채김밥 蔬菜壽司	계란라면 雞蛋泡麵
김치김밥 泡菜壽司	떡라면 年糕泡麵
참치감밥 鮪魚壽司	김치라면 泡菜泡麵
치즈김밥 起司壽司	치즈라면 起司泡麵
소고기김밥 牛肉壽司	만두라면 水餃泡麵
炸豬排類 돈까스	짬뽕라면 海鮮泡麵
돈까스 炸豬排	**年糕類 떡볶이**
생선까스 炸魚排	떡볶이 辣炒年糕
카레돈까스 咖哩豬排	라볶이 泡麵炒年糕
치즈돈까스 起司豬排	치즈떡볶이 起司炒年糕
小吃類 분식	**飯類**
오뎅 黑輪	카레덮밥 咖哩燴飯
우동 烏龍麵	제육덥밥 豬肉燴飯
칼국수 刀削麵	오징어덮방 魷魚燴飯
떡국 年糕湯	불고기덮방 牛肉燴飯
만두국 湯餃	오므라이스 蛋包飯
떡만두국 年糕水餃湯	김치볶음밥 泡菜炒飯
물냉면 水冷麵	참치김치볶음밥 鮪魚泡菜炒飯
비빔냉면 冷拌麵	새우볶음밥 蝦仁炒飯
水餃類 만두	돌솥비빔밥 石鍋拌飯
	김치찌개 泡菜鍋
고기만두 豬肉水餃	된장찌개 韓式味噌鍋
김치만두 泡菜水餃	순두부찌개 嫩豆腐鍋
물만두 湯餃	갈비탕 牛小排湯
	공기밥 白飯
粥 죽	
호박죽 南瓜粥	소고기야채국 牛肉蔬菜粥
단팥죽 紅豆粥	전복죽 全北粥

06 購物

Shopping

韓國除了泡菜人參外，還有許多流行服飾和美麗飾品。

保養品和化妝品更是愛美人士不可錯過的必買項目。

從街頭市場到百貨公司、精品店，隨處都有意想不到的驚奇。

基本用語／기본용어

 06-01

我想買～。
～사고 싶어요.
～ sa-go si-peo-yo
I'd like to buy~.

哪有有賣？
어디서 팔아요?
eo-di-seo pa-ra-yo
Where can I buy it?

我想找～。
～찾고 있어요.
～ chat-go i-seo-yo
I'm looking for ～.

我要買這個。
이걸로 주세요.
i-geol-lo ju-se-yo
I'll take this one.

我不喜歡。
마음에 안 드네요.
ma-eu-me an deu-ne-yo
It's not my style.

我再考慮看看。
생각해 보겠습니다.
saeng-gak-hae bo-get-seum-ni-da
Let me think it over.

很抱歉。我等一下再來。

죄송해요. 다시 올게요.

joe-song-hae-yo　　Da-si　　ol-ge-yo

Excuse me. I'll come back later.

我只是隨便看看。

그냥 보는 거예요.

geu-nyang　bo-neun　　geo-ye-yo

I am just looking.

實用句型：我想買 ＿＿＿＿＿＿ 。

我想買 ＿＿＿＿＿＿ 。

＿＿＿＿＿＿ 사고 싶어요.

sa-go　　si-peo-yo

I'd like to buy ＿＿＿＿＿ .

【文法解析】

～사고 싶어요.是表達自己的意願和想法。

物品名稱 ＋사고 싶어요　想買～

實用句型：我想找 ＿＿＿＿＿＿ 。

我想找 ＿＿＿＿＿＿ 。

＿＿＿＿＿＿ 찾고 있어요.

chat-go　　i-seo-yo

I'm looking for ＿＿＿＿＿ .

【文法解析】

到商店時除了可以用上述句型描述自己想買某項東西。還可用本句型説用來表達自己想買的東西。

物品名稱 ＋찾고 있어요.　我正在找～

衣服／옷

 06-02

請拿別的款式給我看。

다른 스타일을 좀 보여 주세요.
da-reun　　seu-ta-ir-eul　　jom　　bo-yeo　　ju-se-yo

Show me another design !

有其他設計嗎？

다른 디자인이 있습니까?
da-reun　　di-ja-in-i　　it-seum-ni-kka

Do you have any other designs?

可以試穿嗎？

입어봐도 돼요?
i-beo-bwa-do　　dwoe-yo

May I try this on?

更衣間在哪裡？

탈의실은 어디입니까?
tar-ui-si-reun　　eo-di-im-ni-kka

Where is the fitting room?

太小了。

너무 작습니다.
neo-mu　　jag-seub-ni-da

It's too small.

請和這件交換。

이것하고 바꿔 주세요.
i-geos-ha-go　　bak-kwo　　ju-se-yo

I would like to exchange with this.

這是什麼材質？

이것은 무슨 재질입니까?
i-geo-seun　　mu-seun　　jae-jil-ib-ni-kka

What material is this?

這是純棉製品。

이것은 순면제품이에요.

i-geo-seun sun-myeon-je-pum-i-e-yo

It's made of cotton.

這件衣服可以水洗嗎？

이 옷은 물세탁해도 돼나요?

i o-seun mul-se-tak-hae-do dwae-na-yo

Is this cloth washable?

有什麼顏色呢？

무슨 색깔이 있나요?

mu-seun sae-kkka-ri i-nna-yo

What colors do you have?

衣服花樣

千鳥格 **격자무늬** gyeok-ja-mu-nui houndstooth	單色 **단색** dan-saek monochrome
直條紋 **스트라이프** seu-teu-ra-i-peu stripe	圓點 **물방울무늬** mul-bang-ul-mu-nui dot
花紋 **꽃무늬** kkon-mu-nu floral pattern	格子 **체크무늬** che-keu-mu-nui grid
橫條 **가로무늬** ga-ro-mu-nui bar	動物花紋 **동물무늬** dong-mul-mu-nui animal pattern

衣服材質

 06-03

棉 면 myeon cotton	麻 마 ma linen	絲 실크/비단 sil-keu / bi-dan silk	尼龍 나일론 na-il-lon nylon
皮 가죽 ga-juk leather		羊毛 양털 yang-teol wool	聚酯纖維 폴리에스테르 pol-li-e-seu-te-reu polyester

衣服種類

T恤 티셔츠 ti-syeo-cheu T-shirt	長袖 긴팔 gin-pal long sleeve	短袖 반팔 ban-pal short sleeve
裙子 스커트 seu-keo-teu skirt	牛仔褲 청바지 cheong-ba-ji jeans	褲子 바지 ba-ji pants
夾克 자켓 ja-ket jacket	毛衣 스웨터 seu-we-teo sweater	西裝 양복 yang-bok suit
韓服 한복 han-bok hanbok	大衣 코트 ko-teu overcoat	運動服 운동복 un-dong-bok sportswear
內衣 속옷 so-got underwear	睡衣 잠옷 jam-ot pajama	洋裝 원피스 won-pi-seu dress

實用句型：有 _____ 嗎？ 06-04

有 _____ 嗎？

_____ 이 있어요?
　　　　　　i 　i-seo-yo

Do you have _____ ？

【文法解析】
～이 있어요？可用來詢問有沒有某種顏色的商品。
在句子前面加上顏色就是完整的句子。
<u>顏色</u> ＋이 있어요？　有沒有～顏色？

顏色

白色 **흰 색** huin-saek white	黑色 **검 정 색** geom-jeong-saek black	紅色 **빨 간 색** ppal-gan-saek red
黃色 **노 란 색** no-ran-saek yellow	藍色 **파 란 색** pa-ran-saek blue	綠色 **녹 색** nok-saek green
紫色 **보 라 색** bo-ra-saek purple	銀色 **은 색** eun-saek siliver	粉紅色 **분 홍 색** bun-hong-saek pink
咖啡色 **커 피 색** keo-pi-saek brown	灰色 **회 색** hoe-saek gray	天空藍 **하 늘 색** ha-neul-saek sky blue

飾品配件／액세서리

 06-05

可以拿那個給我看嗎？
저것 좀 보여 주시겠어요?
jeo-geot　jom　bo-yeo　　ju-si-ge-seo-yo

Show me that, please.

請問有領帶嗎？
넥타이가 있습니까？
nek-ta-i-ga　　　it-seum-ni-kka

Do you have neckties？

我想買項鍊跟耳環。
목걸이와 귀걸이를 사고 싶은데요.
mok-geo-ri-wa　　gwi-geo-ri-reul　　sa-go　　si-peun-de-yo

I'd like to buy a necklace and earrings.

我想買樸素一點的。
심플한 것을 좋아해요.
sim-peul-han　geo-seul　　jo-a-hae-yo

I prefer simple designs.

請幫我包成禮物。
선물 포장으로 해 주세요.
seon-mul　po-jang-eu-ro　　hae　　ju-se-yo

Would you gift wrap this, please!

請包漂亮一點。
예쁘게 해주세요.
ye-ppeu-ge　　hae-ju-se-yo

Please wrap it a bit nicer!

請分開來包。
따로따로 싸주세요.
tta-ro-tta-ro　　ssa-ju-se-yo

Please wrap them separately.

領帶 넥타이 nek-ta-i necktie	帽子 모자 mo-ja hat	襪子 양말 yang-mal socks
皮帶 벨드 bel-deu leather belt	圍巾 스카프 seu-ka-peu muffler	眼鏡 안경 ang-yeong glasses
耳罩 귀마개 gwi-ma-gae earmuff	太陽眼鏡 선글라스 seon-geul-la-seu sunglasses	手套 장갑 jang-gap gloves
絲襪 스타킹 seu-ta-king stocking	胸針 브로치 beu-lo-chi brooch	包包 가방 ga-bang handbag
髮夾 헤어핀 he-eo-pin hairpin	耳環 귀걸이 gwi-geo-ri earrings	項鍊 목걸이 mok-geo-ri necklace
戒指 반지 ban-ji ring	手環 팔찌 pal-jji bracelet	髮帶 헤어밴드 he-eo-baen-deu headband

鞋子／신발

 06-06

有鞋跟低一點的鞋子嗎？

힐이 더 낮은 구두 있나요?
hi-ri deo na-jeun gu-du in-na-yo

Do you have any shoes with a lower heels?

有小一點的嗎？

좀 작은 것 있나요?
jom ja-geun geot i-nna-yo

Do you have a smaller one?

有大一點的嗎？

좀 더 큰 것 없나요?
jom deo keun geot eom-na-yo

Do you have a larger one?

有什麼尺寸？

어떤 사이즈가 있나요?
eo-tteon sa-i-jeu-ga i-nna-yo

What size do you have?

請問你的尺寸？

사이즈가 어떻게 되십니까?
sa-i-jeu-ga eo-tteo-ke doe-sim-ni-kka

What size, please?

我不太清楚我的尺寸。

제 사이즈를 잘 모릅니다.
je sa-i-jeu-reul jal mo-reum-ni-da

I don't know what my size is.

尺寸不合。

사이즈가 맞지 않았어요.
sa-i-jeu-ga mat-ji a-na-seo-yo

It didn't fit me.

高跟鞋 하이힐 ha-i-hil high-heeled shoes	涼鞋 샌달 saen-dal sandals	低跟鞋 로우힐 ro-u-hil low-heeled shoes	靴子 부츠 bu-cheu boots
皮鞋 구두 gu-du leather shoes	拖鞋 슬리퍼 seul-li-peo flip flop	運動鞋 운동화 un-dong-hwa sports shoes	厚底鞋 플랫폼 슈즈 peul-lae-spom syu-jeu platform shoes

實用句型：有沒有更 _____ ？

有沒有更 _____ ？

좀 더 _____ 것 없나요?
jom deo geot eom-na-yo

Do you have a _____ one?

【文法解析】
좀 더 <u>形容詞</u> ＋것 없나요？ 可用來詢問是否有其他商品。

顏色

大 큰 Keun big	小 작은 ja-geun small	便宜 싼 Ssan cheap
昂貴 비싼 bi-ssa expensive	輕 가벼운 ga-byeo-un light	重 무거운 mu-geo-un heavy

化妝品・保養品／화장품, 피부 관리 제품

 06-07

我想買口紅，請問哪個牌子比較好？
립스틱을 사려고 하는데 어떤 메이커가 좋아요?
rip-seu-ti-geul　sa-ryeo-go　ha-neun-de　eo-tteon　me-i-keo-ga　jo-a-yo
I want to buy a lipstick. Which one is good?

我可以看一下眼影嗎？
아이섀도 좀 보여 주세요?
ai-syae-do　jom　bo-yeo　ju-se-yo
Could you show me the eye shadow?

我是乾性膚質。
나의 피부는 건성이에요.
na-ui　pi-bu-neun　geon-seong-i-e-yo
I have dry skin.

請問這有美白功效嗎？
미백효과 있습니까?
mi-baeg-hyo-gwa　iss-seub-ni-kka
Does it have the function of whiteing?

實用句型：請問這有 ＿＿＿＿ 功效嗎？

請問這有 ＿＿＿＿＿＿ 功效嗎？
＿＿＿＿＿＿ 효과 있습니까?
　　　　hyo-gwa　iss-seub-ni-kka
Does it have the function of ＿＿＿＿＿ ?

功效

美白 미백 mi-baek whitening	保濕 보습 bo-seup moisturizing	UV 유브이 yu-beui UV	抗皺 주름개선/링클 ju-reum-gae-seon / ring-keul anti wrinkle

實用句型：我可以看一下 _____ 嗎？

我可以看一下 _____ 嗎？

이 _____ 를 좀 보여 주세요?
  i   reul jom bo-yeo ju-se-yo

May I see a/the/an _____ ?

化妝品・保養品

眼線 아이라인 a-i-ra-in eyeliner	脣膏 립스틱 rip-seu-tik lipstick	唇蜜 립글로스 rip-geul-lo-seu gloss	粉底 파운데이션 pa-un-de-i-syeon foundation
指甲油 매니큐어 mae-ni-kyu-eo nail polish	眼影 아이섀도 a-i-syae-do eye shadow	香水 향수 hyang-su perfume	隔離霜 메이크업 베이스 me-i-ke-ueop be-i-seu pre-makeup cream
睫毛膏 마스카라 ma-seu-ka-ra mascara	化妝水 화장수 hwa-jang-su toner	洗面乳 클렌징 폼 keul-len-jing pom cleanser	卸妝油 클렌징 오일 keul-len-jing oil cleansing oil
乳液 로션 ro-syeon lotion	精華液 에센스 e-sen-seu essence	腮紅 블로셔 beul-lo-syeo blush	面膜 마스크 ma-s-k mask

美髮/미용실

 06-08

我要染頭髮。

머리를 염색해 주세요.
meo-ri-reul yeom-saek-hae   ju-se-yo

I'd like to have my hair colored.

我想燙頭髮。

저는 파마하고 싶어요.
jeo-neun　pa-ma-ha-go　si-peo-yo

I would like to have a perm.

請幫我剪頭髮跟洗頭。

커트하고 샴푸만 해 주세요.
keo-teu-ha-go　syam-pu-man　hae　ju-se-yo

Just a haircut and shampoo, please.

請幫我弄自然一點。

자연스럽게 해 주세요.
Ja-yeon-seu-reop-kke　hae　ju-se-yo

I prefer a more natural look.

實用句型：請幫我 _____ 。

請幫我 _____ 。

_____ 해 주세요.
hae　ju-se-yo

Could you _____ , please ?

【文法解析】
用上述的句型搭配以下的單字就可以輕鬆的到美容院做出美麗的韓式髮型。
剪髮／燙髮／吹乾等 ＋해 주세요

常用字彙

染髮 **염 색** yeom-saek hair coloring	燙髮 **파마** pa-ma perm	剪髮 **커트** keo-te haircut	吹乾 **드라이** deu-ra-i drying

書店／서점

 🎧 06-09

抱歉打擾一下。可以告訴我教保文庫在哪個方向嗎？
실례합니다. 교보문고가 어느 쪽인지 말 씀 해 주실수 있겠습니까?
sil-lye-ham-ni-da　Gyo-bo-mun-go-ga　eo-neu　jjog-in-ji　mal-sseum-hae　ju-sil-su　it-get-seum-ni-kka
Excuse me. Could you tell me which way Kyo-Bo Bookstore is?

你知道有適合初學者的韓文字典嗎？
초보자에게 적당한 한국어 사전을 알고 계십니까?
cho-bo-ja-e-ge　jeok-dang-han　han-gu-geo　sa-jeo-neul　al-go　gye-sim-ni-kka
Do you know any Korean dictionary suitable for beginners?

有會員卡的話打9折。
회원 카드 있으면 10%할인 혜택이 있습니다.
hoe-won　ka-deu　iss-eu-myeon　10%　hal-in　hye-taeg-i　iss-seub-ni-da
There is a 10% discount for membership card holders.

常用字彙

商業・經濟 상업, 경제 sang-eob　gyeong-je business/economics	文學・評論 문학, 평론 mun-hag pyeong-lon liferature/criricism	生活・育兒 생활, 육아 saeng-hwal　yug-a life/parenting
雜誌 잡지 jab-ji magazine	漫畫 만화 man-hwa comics	寫真集 사진 앨범 sa-jin　ael-beom artist photo album

電子產品／전자제품

06-10

我想買數位相機，可以幫我介紹嗎？

디지털 카메라를 사고 싶은데 추천해 주시겠어요?

di-gi-tal　　ka-me-ra-reul　　sa-go　　si-peun-de　　chu-cheon-hae　　ju-si-ge-seo-yo

I want to buy a digital camera. Please show me some models!

有三星或LG的產品嗎？

삼성 회사제품이나 LG 회사제품이 있나요?

sam-seong　　hoe-sa-je-pum-i-na　　LG　　hoe-sa-je-pum-i　　in-na-yo

Do you have any models from Samsung or LG?

記憶體容量是多少？

메모리 용량은 얼마예요?

me-mo-ri　　yong-nyang-eun　　eol-ma-ye-yo

How big is the memory?

哪一個是最新款式？

최신 모델 어느 것인가요?

choe-sin　　mo-del　　eo-neu　　geon-in-ga-yo

Which is the newest model?

常用字彙

數位相機 디지털 카메라 di-gi-tal　ka-me-ra digital camera	電子字典 전자사전 jeon-ja-sa-jeon electronic dictionary	手提電腦 노트북 no-teu-buk note book	充電器 충전기 chung-jeon-gi charger
記憶卡 메머리 카드 me-meo-ri　ka-deu memory cards	MP3 앰피쓰리 aem-pi-sseu-ri MP3	手機 휴대폰 hyu-dae-pon mobile phone	電腦 컴퓨터 com-pu-ter computer
液晶電視 액정 텔레비전 aeg-jeong　tel-le-bi-jeon LCD TV	印表機 프린터 peu-rin-teo printer	變壓器 변압기 byeon-ap-gi transformer	轉接頭 어댑터 Adapter adaptor

便利商店・超市／편의점, 슈퍼마켓

 06-11

要幫你放進袋子內嗎？
봉투에 넣어 드릴까요?
bong-tu-e   neo-eo   deu-ril-kka-yo
Shall I put it in a bag?

我不用塑膠袋。
비닐 봉지 필요없어요.
bin-il   bon-gji   pi-ryo-eop-seo-yo
I don't need a plastic bag

請幫我換成零錢。
잔돈 좀 바꿔 주세요.
jan-don   jom   ba-kkwo   ju-se-yo
Can you change this bill?

常用字彙

零食 간식 gan-sig snacks	甜點 디저트 di-jeo-teu dessert	飲料 디저트 di-jeo-teu beverage	優格 요구르트 yo-gu-leu-teu yogurt
泡麵 라면 la-myeon instant noodles	便當 도시락 do-si-lag meal box	半價 반값 ban-gab half-price	限時特賣 타임세일 ta-im-se-il limited sale

千元商店／천원상점

 06-12

這是韓國製品嗎？
이것은 한국제인가요?
i-geo-seun　　han-guk-je-in-ga-yo
Is this made in Korea?

請問有特價商品嗎？
세일 상품은 있어요?
se-il　sang-pum-eun　i-seoy-o
Do you have special offers?

常用字彙

雨傘 우산 u-san umbrella	剪刀 가위 ga-wi scissor	瓷器 도자기 do-ja-gi porcelain	手機吊飾 휴대 전화 스트랩 hyu-dae jeon-hwa seu-teu-laeb mobile phone strap
玩具 장난감 jang-nan-gam toy	鑰匙圈 열쇠 고리 yeol-soe go-li key ring	磁鐵 자석 ja-seog magnet	手機保護殼 휴대 전화 쉘 hyu-dae jeon-hwa swel phone protective shell
文具 문방구 mun-bang-gu stationery	泡澡用品 목욕 용품 mog-yog yong-pum bath products	廚房用品 부엌 용품 bu-eok yong-pum kitchen products	廁所用品 화장실 용품 hwa-jang-sil yong-pum toiletry supplies
餐具 식기 sig-gi tableware	園藝用品 원예 용품 won-ye yong-pum gardening products	日用品 일용품 il-yong-pum commodity	清掃用品 청소 용품 cheong-so yong-pum cleaning products

郵局／우체국

 06-13

郵資是多少？
우편물 요금이 얼마예요?
u-pyeon-mul   yo-geum-i   eol-ma-ye-yo
How much is the postage?

包裹需要保險嗎？
이 소포에 보험 드실 거예요?
i   so-po-e   bo-heom   deu-sil   geo-ye-yo
Do I need an insurance for the package?

請幫我寄到台灣。
대만으로 보내 주세요.
dae-man-eu-lo   bo-nae   ju-se-yo
Please help me to send this to Taiwan.

裡面有易碎物品。
깨지기 쉬운 물건이 있어요.
kkae-ji-gi   swi-un   mul-geon-i   iss-eo-yo
The things inside are breakable.

常用字彙

掛號 등기우편 deung-gi-u-pyeon registered mail	宅配 택백 taeg-baeg home delivery services	包裹 소포 so-po package
郵票 우표 u-pyo stamp	明信片 엽서 yeob-seo postcard	海運 해운 hae-un ocean shipping	航空 항공 hang-gong aviation

殺價／값을 깎기

 06-14

算便宜一點。
싸게 해 주세요.
ssa-ge　hae　ju-se-yo
Please make a discount!

便宜一點。
깍아 주세요.
kka-ga　ju-se-yo
Can you lower the price?

別的地方賣得更便宜。
다른 곳에서 더 쌌어요.
da-reun　go-se-seo　deo　ssa-seo-yo
It was cheaper elsewhere.

太貴了。
너무 비싸요.
neo-mu　bi-ssa-yo
Too expensive.

買三個要多少錢？
세개 사면 얼마에요?
se-gae　sa-myeon　eol-ma-e-yo
How much for 3 items?

可以算我兩萬元嗎？
이만원으로 해 주시겠어요?
i-man-won-eu-ro　hae　ju-si-ge-seo-yo
Could you make it twenty thousands won?

拜託啦！
부탁해요.
bu-tak-hae-yo
Please!

結帳／계산하기

 06-15

請問要怎麼付款？
어떻게 지불하겠어요?
eo-tteo-ge　　ji-bul-ha-ges-seo-yo
How do you want to pay?

付現金嗎？
현금으로 하시겠습니까?
hyeon-geum-eu-lo　　ha-si-gess-seub-ni-kka
Do you pay by cash?

刷卡嗎？
카드로 하시겠습니까?
ka-deu-lo　　ha-si-gess-seub-ni-kka
Do you pay by credit card?

付現
현금으로 계산할게요./ 현금으로 하겠어요.
hyeon-geum-eu-lo　　gye-san-hal-ge-yo　　／　　hyeon-geum-eu-lo　　ha-gess-eo-yo
I'd like to pay by cash.

刷卡
신용카드로 계산할게요./ 신용카드로 하겠어요.
sin-yong-ka-deu-lo　　gye-san-hal-ge-yo　　／　　sin-yong-ka-deu-lo　　ha-gess-eo-yo
I'd like to pay by credit card.

退稅／택스 리펀드

 06-16

請幫我填寫退稅表格。
면세 처리해 주세요.
myeon-se　cheo-ri-hae　　ju-se-yo
Please fill out the duty-free from for me.

請問退稅櫃檯在哪裡？
택스 리펀드 카운터는 어디인가요?
taek-seu　ri-peon-deu　ka-un-teo-neun　eo-di-in-ga-yo
Where is the tax refund counter.

您有提供退稅服務嗎？
택스 리펀드 서비스 있어요?
taeg-seu　li-peon-deu　seo-bi-seu　iss-eo-yo
Do you provide tax refund service?

換貨／환불

 06-17

這是不良品。
이것은 불량품입니다.
i-geo-seun　bul-lyang-pum-im-ni-da
These are defective items.

我昨天在這裡買的。
어제 여기서 샀어요.
eo-je　yeo-gi-seo　sa-seo-yo
I bought it here yesterday.

請退我錢。
돈 돌려주세요.
don　dol-lyeo-ju-se-yo
Give me back the money, please!

請換其他商品給我。
다른 상품으로 교환해 주세요.
da-reun　sang-pum-eu-ro　gyo-hwan-hae　ju-se-yo
Can I exchange it for something else?

07 住宿

Accommodation

韓國有各種住宿方式，有充滿韓國風情
的韓屋改建民宿。
韓式火炕房、可在房間內煮飯的公寓式
客房，或是高級觀光大飯店可透過網路
訂購或者請台灣旅行社代訂。
請依照個人預算，設計安排一場完美的
旅遊。

預約／예약

 07-01

韓國飯店大多不提供盥洗用品，要自己帶牙膏、牙刷等個人用品，頂多會提供一些乳液、浴帽等物品。

我想要預約飯店。
호텔 예약을 하고 싶은데요.
ho-tel　ye-yag-eul　ha-go　sip-eun-de-yo
I'd like to make a hotel reservation, please!

房價多少錢？
방값이 얼마예요?
bang-gap-si　eol-ma-ye-yo
What is the rate for a room？

請給我一間雙人房。
트윈룸으로 부탁합니다.
teu-win-lum-eulo　bu-tag-hab-ni-da
A twin room, please!

我想從3月1日住到3月5日。
3월1일에 체크인해서 3월5일에 체크아웃합니다.
3 wol 1　ir-e　che-keu-in-hae-seo　3 wol 5　ir-e　che-keu-aut-ham-ni-da
I'd like to check in on March 1st, and check out one March fifth.

今天晚上有房間嗎？
오늘밤 방 있습니까
o-neul-bam　bang　it-seum-ni-kka
Do you have a room for tonight?

有含早餐嗎？
아침식사 포함인가요?
a-chim-sik-sa　po-ham-in-ga-yo
Does that include breakfast?

有空房嗎？

빈방 있어요?

bin-bang　i-seo-yo

Are there any vacancies?

有。/ 沒有。

예. / 아니오.

ye　/　a-ni-o

Yes. / No.

請讓我看房間。

방 좀 보여 주세요.

bang　jom　bo-yeo　ju-se-yo

Could you show me the room?

我要住三天，請算便宜一點。

삼박 하니까 더 싸게해 주세요.

sambak　ha-ni-kka　deo　ssa-ge-hae　ju-se-yo

I'll stay 3 nights. Please give me a discount.

一天多少錢？

하루에 얼마예요?

ha-ru-e　eol-ma-ye-yo

What's the rate here?

房間種類

 07-02

單人房 싱글룸 sing-geul-lum single room	雙人房 트윈룸 teu-win-lum twin room	禁菸房 금연실 geum-nyeon-sil non-smoking room	抽煙房 흡연실 heub-yeon-sil smoking room

實用句型：詢問一天的住宿費用時可使用。

_____ 天多少錢。

_____ 에 얼마예요.
　　　　　　 e 　 eol-ma-ye-yo

How much for _____ .

【文法解析】
天數的用法和數字無關，無法直接用數字套用。

常用天數

一天 하루 ha-ru one day	兩天 이틀 i-teul 2 days	三天 사흘 sa-heul 3 days	四天 나흘 na-hol 4 days
五天 닷새 dat-sae 5 days	六天 엿새 yeot-sae 6 days	一星期 일주일 il-ju-il one week	十天 열흘 yeol-heul ten days

實用句型：詢問是否含所有費用時，可用此句型。

有含 _____ 嗎？

_____ 포함인가요?
　　　　　　 po-ham-in-ga-yo

Does that include _____ ?

常用字彙

早餐 아침 식사 a-chim 　 sik-sa breakfast	稅金 세금 se-geum tax	服務費 서비스료 seo-bi-seu-ryo service charge

Column ⑥ 住宿種類

飯店 (호텔)	韓國飯店根據服務品質飯店的設施和規模,分為五個等級,依次是:特一級、特二級、一級、二級、三級等。特一級超豪華飯店的每晚大約為20〜40萬韓元,豪華飯店的大約為15〜25萬韓元,一級的大約為10〜15萬韓元,二級的大約為5〜10萬韓元,三級的大約為3〜10萬韓元。豪華級以上的飯店大多均設有健身房、桑拿浴、商務中心、西式餐廳、咖啡廳等附屬設施。需要額外支付10%的稅金和其他10%的服務費。
汽車旅館 (모텔)	汽車旅館是韓國最常見的住宿方法。大多位於大城市火車站、地鐵站或巴士客運站周圍,交通便利且價格便宜,如不是旅遊旺季或集中休假期間,一般不需要事先預約。
旅館 (여관/여인숙)	這種小旅館大多是傳統火炕式房間,沒有床,在溫暖的地板上鋪被子,如需要床,需要事先打聽清楚。房間的價格隨位置和時間而有所不同,通常價位在2.5〜5萬韓元左右,大多要支付現金。
民宿 (민박/민숙)	民宿大多是在一般韓國人家居建築基礎上改建,大多數是公用浴室,多半位於大城市主要景點的周圍。價格每晚在15,000〜40,000韓元之間。有些民宿附簡單的早餐,並有免費上網服務和自助洗衣,住宿一個星期以上也有優惠。
青年旅館 (유스호스텔)	韓國全國有52個青年旅館,這些旅館大多坐落於著名城市和地區,但有些地方距離景點或市中心很遠,交通較不便,因此最好事先確認地點。有些青年旅館的規模很大,有幾家的設施甚至可與高級飯店媲美,價格從10000韓元(1張床或者單人房)到160000韓元(4人家庭房)不等,持Hostelling International Card者享有20〜30%的優惠。
公寓式客房 (콘도)	主要位於郊外的公寓式度假客房,大部分房間裏備有傢俱,可以自己動手做飯。大多採會員制,價格約在3萬韓元〜10萬韓元左右。但也有超過20萬韓元的高級客房。
飯店式管理公寓 (레지던스)	大多位於市中心,可租一天至一年,價格比一般飯店便宜,有些坪數比一般飯店來得大,還有兩房可承租。每個房間內均附設小廚房,提供微波爐、鍋子、餐具等,一天的住宿費由5萬至10萬韓元不等,有的甚至還有免費網路可使用。這是最近韓國比較流行的住宿方式之一。

房間大解析

 07-03

房間 방 bang room	門 문 mun door	鑰匙 열쇠 yeol-soe key	床鋪 침대 chim-dae bed
枕頭 베게 be-ge pillow	床單 시트 si-teu sheet	桌子 테이블 te-i-beul desk	椅子 의자 ui-ja chair
沙發 소파 so-pa sofa	窗簾 커튼 keo-teun curtain	電視 텔레비전 tel-le-bi-jeon television	遙控器 리모컨 ri-mo-keon remote control
電話 전화 jeon-hwa telephone	檯燈 전등 jeon-deung lamp	窗戶 창문 chang-mun window	衣櫃 옷장 ot-jang closet
冰箱 냉장고 naeng-jang-go refrigerator	杯子 찻잔 chat-jan cup	衣架 옷걸이 ot-geo-ri clothes hanger	煙灰缸 재떨이 jae-tteo-ri ashtray
地板 마루 ma-ru floor	天花板 천장 cheon-jang ceiling	垃圾桶 쓰레기통 sseu-re-gi-tong garbage can	拖鞋 슬리퍼 seul-li-peo slipper

07-04

馬桶 **변기** byeon-gi toilet	蓮篷頭 **샤워** sya-wo shower head	鏡子 **거울** geo-ul mirror	浴缸 **욕조** yok-jo bathtub
毛巾 **수건** su-geon towel	浴巾 **타올** ta-ol bath towel	面紙 **티슈** ti-syu tissue	水龍頭 **수도꼭지** su-do-kkok-ji tap
洗手台 **세면대** se-myeon-dae sink	牙刷 **칫솔** chitsol toothbrush	牙膏 **치약** chiyak toothpaste	洗髮精 **샴푸** syam-pu shampoo
香皂 **비누** bi-nu soap	沐浴精 **샤워 젤** sya-wo jel shower gel	刮鬍刀 **면도기** myeon-do-gi razor	踏墊 **욕실용 매트** yok-sir-yong mae-teu bath mat

實用句型：拜託別人拿東西給自己時。

請拿 _____ 給我。

_____ **좀 갖다 주세요.**
　　　　　　jom　gat-da　ju-se-yo

Could you bring me _____?

【文法解析】
在句子裡加上좀（稍微）有緩和語氣，給人比較親切的感覺。
物品＋좀 갖다 주세요前加的名詞必須是物品。
食物＋주세요食物和飲料等可則要用～주세요。

住宿登記／체크인

 07-05

我要辦理入住登記。
체크인해 주세요.
che-keu-in-hae ju-se-yo
Check in, please!

我要付現金。
현금으로 지급하겠습니다.
hyeon-geum-eu-ro ji-geup-ha-get-seum-ni-da
I'll pay in cash.

可以寄放貴重物品嗎？
귀중품 보관해 주시겠어요?
gwi-jung-pum bo-gwan-hae ju-si-ge-seo-yo
Can I deposit my valuables here?

請早上八點叫我起床。
내일 아침 여덟시에 깨워주세요.
nae-il a-chim yeo-deol-sie kkae-wo-ju-se-yo
Give me a wake-up call at 8, please!

請問早餐是幾點呢？
아침식사는 언제입니까?
a-chim-sik-sa-neun eon-je-im-ni-kka
What time can I have breakfast?

常用字彙

名字 이름 i-reum name	姓 성 seong surname	地址 주소 ju-so address	護照號碼 여권번호 yeo-gwon-beon-ho passport number

我們想要客房服務。

룸서비스 부탁합니다.
rum-seo-bi-seu　　bu-tak-ham-ni-da

Room service, please!

可以幫我送些水和冰塊嗎？

얼음과 물을 좀 가져다 주십시오.
eor-eum-gwa　mur-eul　jom　ga-jyeo-da　　ju-sip-si-o

Please bring me some ice and water!

可以借我吹風機嗎？

드라이어를 빌려주세요.
deu-ra-i-eo-reul　　bil-lyeo-ju-se-yo

May I use a hair dryer?

可以給我毛巾嗎？

수건을 좀 갖다 주시겠어요?
su-geon-eul　jom　gat-da　ju-si-ge-seo-yo

Would you bring me the towel?

請幫我換床單。

시트를 바꿔 주세요.
si-teu-reul　bak-kwo　ju-se-yo

Please change the sheet!

明天早上九點請幫我送早餐。

내일 아침 아홉시에 아침식사를 가져다 주세요.
nae-il　a-chim　a-hop-si-e　a-chim-sik-sa-reul　ga-jyeo-da　ju-se-yo

I'd like to order breakfast for tomorrow morning at 9 o'clock.

請問有嬰兒床嗎？

아기침대 있어요?
a-gi-chim-dae　is-seo-yo

Do you have a baby cot?

客房服務

基本單字

溝通

交通

觀光

飲食

購物

住宿

意外事故

客房問題／룸 서비스

  07-07

沒有熱水。
뜨거운 물이 안 나와요.
tteu-geo-un　mu-ri　an　na-wa-yo
There's no hot water.

沒有水。
물이 안 나와요.
mu-ri　an　na-wa-yo
We have no water.

冷氣故障了。
에어컨이 고장 났어요.
e-eo-keo-ni　go-jang　na-seo-yo
The air-conditioner is out of order.

馬桶堵住了。
화장실 물이 안 내려가요.
hwa-jang-sil　mu-ri　an　nae-ryeo-ga-yo
The toilet won't flush.

房間裡面沒有電。
방의 전기가 안 들어와요.
bang-ui　jeon-gi-ga　an　deu-reo-wa-yo
The electricity went out.

電話不通。
전화가 안 돼요.
jeon-hwa-ga　an　dwae-yo
The phone is not working.

電視壞了。
텔레비전을 사용할 수 없네요.
tel-le-bi-jeon-eul　sa-yong-hal　su　eom-ne-yo
TV is not working.

我把鑰匙放在房間裡面。
열쇠를 방에 두고 나왔어요.
yeol-soe-reul bang-e du-go na-wa-seo-yo

I am locked out.

我把鑰匙弄掉了。
열쇠를 잃어버렸어요.
yeol-soe-reul ir-eo-beo-ryeo-seo-yo

I lost the key.

我的東西不見了。
물건이 없어졌어요.
mul-geo-ni eop-seo-jyeo-seo-yo

Somebody stole my valuables.

隔壁房間太吵。
옆 방이 너무 시끄러워요.
yeop bang-I neo-mu si-kkeu-reo-wo-yo

The people next door are too noisy!

我想換房間。
방을 바꾸고 싶어요.
bang-eul ba-kkwo sip-eo-yo

I would like to change my room.

請問有更好的房間嗎？
좀 더 좋은 방은 없습니까?
jom deo jo-eun bang-eun eop-seum-ni-kka

Do you have any better ones?

常用字彙

 07-08

熱水 뜨거운 물 tteu-ge-oun mul hot water	水 물 mul water	保險箱 귀중물 보관함 gwi-jung-mul bo-gwan-ham safe deposit	警報器 비상벨 bi-sang-bel siren
安靜的房間 조용한 방 jo-yong-han bang a quiet room	有淋浴室的房間 샤워실이 있는 방 sya-wo-si-ri in-neun bang a room with a shower		有淋浴室的房間 샤워실이 있는 방 sya-wo-si-ri in-neun bang a room with a shower

實用句型：用來描述某件東西故障。然而這個句型通常都接電器用品。

_____壞了。

_____ 이/가 고장 났어요.
　　　　　　i / ga　go-jang　na-seo-yo

_____ is out of order.

【文法解析】

物品名稱 이 / 가 고장 났어요.

常用字彙

暖氣 난방 nan-bang heating	鬧鐘 알람시계 al-lam-si-gye alarm clock	吹風機 드라이어 deu-ra-i-eo hair dryer
冰箱 냉장고 naeng-jang-go refrigerator	冷氣 에어컨 e-eo-keo air-conditioner	燈 조명 jo-myeong light

實用句型：指自己不小心遺失東西。

_____ 弄丟了。

_____ 을/를 잃어버렸어요.
　　　　　eul / reul　ir-eo-beo-ryeo-seo-yo

I lost the _____ .

實用句型：要用來陳述原本應該在的東西不見了。

_____ 不見了。

_____ 이/가 없어졌어요.
　　　　　i / ga　　eop-seo-jyeo-seo-yo

_____ is out of order.

【文法解析】

像是放在房間的皮夾清掃後就不見了。跟自己不小心弄丟的잃어버렸어요句型不一樣。因此在使用這兩個句型時，必須很明確地表明態度。否則別人會誤會你要表達的意思。

常用字彙

鑰匙 열쇠 yeol-soe key	信用卡 신용카드 sin-yong-ca-deu credit card
皮夾 지갑 ji-gab wallet	護照 패스포트 pae-seu-po-teu passport

飯店其他服務／호텔 기타서비스

 07-09

我想要洗衣服務。

세탁 서비스 부탁합니다.
se-tak　　seo-bi-seu　　bu-tak-ham-ni-da

Laundry service, please!

請在明天之前送回來。

내일 아침까지 부탁합니다.
nae-il　　a-chim-kka-ji　　bu-tak-ham-ni-da

By tomorrow morning, please!

可以每天早上十點後幫我打掃房間嗎？

매일 오전 열시 이후에 방을 청소해 주시겠어요?
mae-il　o-jeon　yeol-si　i-hu-e　bang-eul　cheong-so-hae　ju-si-ge-seo-yo

Could you clean our room after 10 a.m. everyday?

可以幫我預定計程車嗎？

택시 예약을 해 주시겠어요?
taek-si　　ye-yag-eul　　hae　　ju-si-ge-seo-yo

Could you book a taxi for me?

計程車到的時候叫我。

택시가 도착하면 불러 주세요.
taek-si-ga　　do-chak-ha-myeon　　bul-leo　　ju-se-yo

Please inform me when the taxi comes.

有無線網路嗎？

WIFI 되나요?
wai-fai　　doe-na-yo

Do you have WI-FI

密碼是什麼？

비밀번호가 뭐예요?
bi-mil-beon-ho-ga　　mwo-ye-yo

What's the password?

辦理退房／체크아웃

 07-10

我要辦理退房。

체크아웃해 주세요.

che-keu-a-ut-ae　　　ju-se-yo

I'd like to check out.

可以寄放行李嗎？

짐 좀 맡아 주시겠어요?

jim　jom　ma-ta　　ju-si-ge-seo-yo

Could you look after my baggage?

這一筆是什麼錢？

이 비용은 뭐예요?

i　bi-yong-eun　mwo-ye-yo

What is this for?

常用字彙

服務費	電話費	收據	國際電話
서비스요금	전화요금	영수증	국제전화
seo-bi-seu-yo-geum	jeon-hwa-yo-geum	yeong-su-jeung	gug-je-jeon-hwa
service charge	domestic call	receipt	international call
洗衣	傳真	早餐	網路使用
세탁	팩스	아침 식사	인터넷
setag	paeg-seu	a-chim　sig-sa	in-teo-net
laundry	fax	breakfast	internet
增值稅	機場接送	收費電視節目	
세금	공항 픽업	유료텔레비전/포로그램	
segeum	gong-hang　pig-eob	yu-ryo-tel-le-bi-jeon　/　po-ro-geu-raem	
tax	airport pick-up service	subscription television	

08 意外事故

Trouble

出門在外難免會遇到意外
除了要小心謹慎保管財物外，
臨時有狀況時千萬不要忍耐
記得一定要立刻採取行動
才能有一趟愉快的旅途。

身體不舒服／질병, 부상

 08-01

韓國和台灣一樣有全民健保制度,因此沒有保險看醫生非常昂貴,出國前可買簡易的旅遊意外險,但那只限於意外才理賠,一般的感冒則沒有支付。以保險申請理賠時,記得要拿收據和證明書。

我身體不太舒服。
몸이 안 좋아요.
mom-i　an　jo-a-yo
I fee sick.

請帶我到醫院。
병원으로 데려다 주세요.
byeong-won-eu-ro　de-ryeo-da　ju-se-yo
Take me to the hospital, please.

可以幫我找醫生嗎?
의사 좀 불러 주세요.
ui-sa　jom　bul-leo　ju-se-yo
Please call a doctor.

請幫我叫救護車。
구급차를 불러 주세요.
gu-geup-cha-reul　bul-leo　ju-se-yo
Call an ambulance, please.

幫我買藥。
약을 사다 주세요.
yag-eul　sa-da　ju-se-yo
Please buy the medicine for me.

請聯絡我的家人。
가족에게 연락해 주세요.
ga-jog-e-ge　yeo-llak-hae　ju-se-yo
Please contact with my family.

我感覺想吐。

토할 것 같아요.

to-hal   geot   gat-a-yo

I feel nauseous.

我感覺頭暈。

어지러워요.

eo-ji-leo-wo-yo

I feel dizzy.

我發燒了。

열이 나요.

yeo-ri   na-yo

I have a fever.

我拉肚子。

설사해요.

seol-sa-hae-yo

I have a diarrhea.

我的眼睛好像有異物。

눈에 뭐가 들어갔어요.

nun-e   mwo-ga   deu-reo-ga-seo-yo

I have something in my eye.

::: 外國人專用的診所

Severance 醫院	峨山中央醫院 (Asan Medical Center)	三星醫院 (Samsung Medical Center)
地址：首爾西大門區新村洞134 電話：(02)361-5114 　　　(02)361-6540 診療時間：早上 9:30-12:00 　　　　　下午 14:00-17:00 　　　　　週六 9:30-12:00	地址：首爾松坡區風納洞 388-1 電話：(02)3010-3114 　　　(02)3010-5001 診療時間：平日 09:00-17:00	地址：首爾江南區逸院洞50 電話：(02)3410-2114 　　　(02)3410-0200 診療時間：平日 09:00-16:00 　　　　　週六 09:00-11:00

認識身體個部位　08-02

腳 **발** bal foot	膝蓋 **무릎** mu-reup knee	腳指甲 **발톱** bal-top toenail	腳指 **발가락** bal-ga-rak toe
鼻子 **코** ko nose	舌頭 **혀** hyeo tongue	牙齒 **이** i tooth	喉嚨 **목** mok throat
肩膀 **어깨** eo-kkae shoulder	乳房 **유방** yu-bang breast	胸口 **가슴** ga-seum chest	背 **등** deung back
心臟 **심장** sim-jang heart	胃 **위** wi stomach	肺 **폐** pye lung	肚子 **배** bae stomach
肚臍 **배꼽** bae-kkop mavel	腰 **허리** heo-ri waist	肛門 **항문** hang-mun anus	屁股 **엉덩이** eong-deong-i hip
腿 **다리** da-ri leg	手臂 **팔** pal arm	手 **손** son hand	手指 **손가락** son-ga-rak finger

🎧 08-03

流行性感冒 유행성 감기 yu-haeng-seong gam-gi flu	貧血 빈혈 bin-hyeol anaemia	出血 출혈 chul-hyeol bleeding	咳嗽 기침 gi-chim cough
腸胃病 위장병 wi-jang-byeong gastroenterological ailment	燙傷 화상 hwa-sang burn	食物中毒 식중독 sik-jung-dok food poisoning	牙痛 치통 chi-tong toothache
消化不良 소화불량 so-hwa-bul-lyang indigestion	肚子痛 복통 bok-tong cramps	頭痛 두통 du-tong headach	過敏 알레르기 al-le-reu-gi allergy
喉嚨痛 목이 아프다 mog-i a-peu-da My throat is sore	失眠 불면증 bul-myeon-jeung insomnia	鼻涕 콧물 kon-mul snivel	骨折 골절 gol-jeol fracture
鼻塞 코가 막히다 ko-ga mak-hi-da Blocked Nose	低血壓 저혈압 jeo-hyeol-ap hypotension	高血壓 고혈압 go-hyeol-ap hypertension	便秘 변비 byeon-bi constipation
蚊蟲叮咬 벌레에 물리다 beol-le-e mul-li-da be bitten by an insect	流血 피가 나다 pi-ga na-da bleed	盲腸炎 맹장염 maeng-jang-yeom appendicitis	肌肉酸痛 근육통 geunn-yuk-tong muscle pain
中暑 더위먹다 deo-wi-meog-da sunstroke	暈車 차멀미 cha-meol-mi car sickness	腹瀉 설사 seol-sa diarrhea	氣喘 천식 cheon-sig asthma

治療・診斷／치료, 진단

 08-04

韓國的藥性偏強，有過敏體的人要特別注意，記得告知哪些藥過敏，或者在出國前請醫生將過敏的成分抄寫下來。

我是過敏體質。

알레르기성 체질입니다.
al-le-reu-gi-seong   che-jil-im-ni-da

I have allergies.

我懷孕了。

임신중이에요.
im-sin-jung-i-e-yo

I'm pregnant.

飯後三十分鐘吃藥。

식사후 삼십분 마다 약을 드세요.
sik-sa-hu   sam-sip-bun   ma-da   yag-eul   deu-se-yo

Take this medicine 30 minutes after meal.

需要治療多久呢？

얼마나 진료해야 하나요?
eol-ma-na   jil-lyo-hae-ya   ha-na-yo

How long will it take before I recover?

請擦藥。

약을 바르세요.
yag-eul   ba-reu-se-yo

Please plaster medicines.

我還能繼續旅行嗎？

여행을 계속할수 있을까요?
yeo-haeng-eul   gye-sok-hal-su   i-seul-kka-yo

Can I continue my trip?

實用字彙

內科 **내과** nae-gwa internal medicine	外科 **외과** oe-gwa general surgery	耳鼻喉科 **이비인후과** i-bi-in-hu-gwa otolaryngology	婦產科 **산부인과** san-bu-in-gwa obstetrics and gynecology
皮膚科 **피부과** pi-bu-gwa dermatology	牙科 **치과** chi-gwa dentistry	小兒科 **소아과** so-a-gwa pediatrics	眼科 **안과** an-gwa ophthalmology
治療室 **진료실** jin-ly-sil consultation room	X光室 **엑스레이실** eg-seu-le-i-sil X-ray Room	急診室 **응급실** eun-ggeup-sil accident and emergency	
手術室 **수술실** su-sul-sil operating room	醫生 **의사** ui-sa doctor	護士 **간호사** gan-ho-sa nurse	治療 **진료** jin-lyo treatment
住院 **입원** ib-won hospitalization	出院 **퇴원** toe-won leaving hospital	手術 **수술** su-sul operating	救護車 **구급차** gu-geup-cha ambulance car
血型 **혈액형** hyeol-aek-hyeong blood type	處方籤 **처방전** cheo-bang-jeon prescription	麻醉 **마취** ma-chwi anesthesia	輪椅 **휠체어** hwil-che-eo wheel chair

藥局／약국

 08-05

我想買〜藥。

〜 약을 사고 싶어요.
〜　　 yag-eul　　 sa-go　　 sip-eo-yo

I'd like to buy some medicine for~.

我對抗生素過敏。

항생제에 알레르기가 있어요.
hang-saeng-je-e　　 al-le-reu-gi-ga　　　 i-seo-yo

I'm allergic to antibiotic.

我不會吃藥粉。

저는 가루약을 못 먹어요.
jeo-neun　　 ga-ru-yag-eul　　 mot　 meo-geo-yo

I can't not take powder type medicine.

請給我處方籤。

처 방 천 주세요.
cheo-bang-cheon　　 ju-se-yo

Please give me your prescription.

實用字彙

感冒藥 **감기약** gam-gi-yak cold tablets	頭痛藥 **두통약** du-tong-yak headache tablets	腸胃藥 **위장약** wi-jang-yak medicine for the stomach and bowels	
退燒藥 **해열제** hae-yeol-je antipyretic drug	止瀉藥 **지사제** ji-sa-je antidiarrhea	消化劑 **소화제** so-hwa-je digestant	抗生素 **항생제** hang-saeng-je antibiotic

止痛藥 진통제 jin-tong-je painkiller	便秘藥 변비약 byeon-bi-yak laxative	安眠藥 수면제 su-myeon-je sleep pill	阿司匹林 아스피린 a-seu-pi-rin aspirin

交通意外 / 교통사고

  08-06

我發生車禍了。
교통사고를 당했습니다.
gyo-tong-sa-go-reul　　dang-haet-seum-ni-da
I had a traffic accident.

我的腳骨折了。
다리가 부러졌습니다.
da-li-ga　　　bu-leo-jyeo-seub-ni-da
I've broken my leg

請給我意外事故證明書。
사고 증명서를 발행해 주세요.
sa-go　jeung-myeong-seo-reul　bal-haeng-hae　　ju-se-yo
Could you make a report of the accident?

有人受傷了。
다친 사람이 있어요.
da-chin　　sa-ram-i　　　i-seo-yo
Someone is hurt.

發生車禍了。
교통사고가 났어요.
gyo-tong-sa-go-ga　　　na-seo-yo
There has been a traffic accident.

竊盜・遺失・求救／통도난, 분실물, 도움을 구함

 08-07

旅遊諮詢熱線1330，不分地區、時段，只要在旅途中，遇到景點、住宿、購物等任何方面的問題，都都可撥打旅遊諮詢熱線1330，手機請撥（02）1330。1330提供24小時的英、日、中文服務，1330除了可解決所有旅程中的疑難雜症外，更與火警救災救護專線119連線，提供及時的幫助。

我的皮夾被偷了。

제 지갑을 도난당했어요.
je   ji-gab-eul   do-nan-dang-hae-seo-yo

Somebody stole my wallet.

我的護照弄丟了。

패스포트를 잃어버렸어요.
pae-seu-po-teu-reul   ir-eo-beo-ryeo-seo-yo

I lost my passport.

可以幫我找回來嗎？

찾아 주시겠어요?
cha-ja   ju-si-ge-seo-yo

Can you help me find it back?

找到的時候麻煩請和飯店聯絡。

만약 찾았으면 이 호텔로 연락해 주세요.
man-yag ch-ja-sseu-myeon i ho-tel-lo yeon-lag-hae ju-se-yo

Please call this hotel when you find it.

我被搶了。

도둑 맞았어요.
do-duk   ma-ja-seo-yo

I have been robbed.

有人可以幫忙翻譯嗎？

누가 통역 좀 해 주세요.
nu-ga tong-yeok jom hae ju-se-yo

Will someone please interpret for me?

救命

살려주세요！
sal-lyeo-ju-se-yo

Help！

有扒手！抓住他！

도둑이야! 잡아 주세요.
do-dug-i-ya ja-ba ju-se-yo

Thief! Catch him.

給我住手！

그만하세요.
geu-man-ha-se-yo

Stop it!

放開我！

놔주세요.
nwa-ju-se-yo

Let me go

請幫我叫警察。

경찰을 불러 주세요.
gyeong-char-eul bul-leo ju-se-yo

Call the police.

請幫幫忙。

도와 주세요！
do-wa ju-se-yo

Help me, please.

國家圖書館出版品預行編目資料

開始遊韓國說韓語　中‧韓‧英三語版／張琪惠
　　著. －－ 二版. －－ 臺中市：晨星，2015.07
　　面；　　公分. －－（Travel Talk；010）

　ISBN 978-986-177-995-9（平裝）

　1. 韓語　2. 旅遊　3. 會話

803.288　　　　　　　　　　　　　104004319

Travel Talk 010
開始遊韓國說韓語
中‧韓‧英三語版

作者	張 琪 惠
編輯	林 千 裕
封面設計	陳 志 峯
韓文錄音	陳 圓 環
美術編輯	張 蘊 方
創辦人	陳銘民
發行所	晨星出版有限公司
	台中市407工業區30路1號
	TEL：(04)23595820　FAX：(04)23550581
	E-mail：service@morningstar.com.tw
	http：//www.morningstar.com.tw
	行政院新聞局局版台業字第2500號
法律顧問	陳 思 成 律師
二版	西元2015年07月15日
郵政劃撥	22326758（晨星出版有限公司）
讀者服務專線	(04)23595819 # 230
印刷	上好印刷股份有限公司

定價299元
（缺頁或破損，請寄回更換）
ISBN 978-986-177-995-9

Published by Morning Star Publishing Inc.
Printed in Taiwan
All Rights Reserved
版權所有‧翻印必究

◆讀者回函卡◆

以下資料或許太過繁瑣，但卻是我們了解您的唯一途徑
誠摯期待能與您在下一本書中相逢，讓我們一起從閱讀中尋找樂趣吧！

姓名：_____ 性別：□ 男 □ 女 生日： ／ ／

教育程度：_____

職業：□ 學生 □ 教師 □ 內勤職員 □ 家庭主婦
　　　□ SOHO族 □ 企業主管 □ 服務業 □ 製造業
　　　□ 醫藥護理 □ 軍警 □ 資訊業 □ 銷售業務
　　　□ 其他 _____

E-mail：_____ 聯絡電話：_____

聯絡地址：□□□ _____

購買書名：開始遊韓國說韓語　中‧韓‧英三語版_____

‧本書中最吸引您的是哪一篇文章或哪一段話呢？_____

‧誘使您 買此書的原因？

□ 於 _____ 書店尋找新知時 □ 看 _____ 報時瞄到 □ 受海報或文案吸引
□ 翻閱 _____ 雜誌時 □ 親朋好友拍胸脯保證 □ _____ 電台DJ熱情推薦
□ 其他編輯萬萬想不到的過程：_____

‧對於本書的評分？（請填代號：1. 很滿意 2. OK啦！3. 尚可 4. 需改進）

封面設計 _____ 版面編排 _____ 內容 _____ 文／譯筆 _____

‧美好的事物、聲音或影像都很吸引人，但究竟是怎樣的書最能吸引您呢？

□ 價格殺紅眼的書 □ 內容符合需求 □ 贈品大碗又滿意 □ 我誓死效忠此作者
□ 晨星出版，必屬佳作！ □ 千里相逢，即是有緣 □ 其他原因，請務必告訴我們！

_____

‧您與眾不同的閱讀品味，也請務必與我們分享：

□ 哲學 □ 心理學 □ 宗教 □ 自然生態 □ 流行趨勢 □ 醫療保健
□ 財經企管 □ 史地 □ 傳記 □ 文學 □ 散文 □ 原住民
□ 小說 □ 親子叢書 □ 休閒旅遊 □ 其他 _____

以上問題想必耗去您不少心力，為免這份心血白費

請務必將此回函郵寄回本社，或傳真至（04）2359-7123，感謝！

若行有餘力，也請不吝賜教，好讓我們可以出版更多更好的書！

‧其他意見：

晨星出版有限公司 編輯群，感謝您！

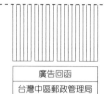
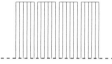
更方便的購書方式：

(1) 網　　站：http://www.morningstar.com.tw
(2) 郵政劃撥　帳號：22326758
　　　　　　　戶名：晨星出版有限公司
　　　　　　　請於通信欄中註明欲購買之書名及數量
(3) 電話訂購：如為大量團購可直接撥客服專線洽詢

◎ 如需詳細書目可上網查詢或來電索取。
◎ 客服專線：04-23595819#230　　傳真：04-23597123
◎ 客戶信箱：service@morningstar.com.tw